心に響く俳句たち

折々の俳句

九州、福岡から

三宅風門

梓書院

『折々の俳句』に寄せて

椎窓たけし

俳句道、嗜好も深し、三宅風門さんとの出逢い、邂逅の御縁、想えば遠く幾春秋の歳月を閲したでありましょうか。

おりおりの旅路へのお誘い。この旅程は、まこと東北南端にわたりて芳醇。

俳聖・芭蕉の旅跡、〝奥の細道〟、〝月見坂〟より〝金色堂〟。夏草の跡を踏み、北は遠野の幻妖な民俗、野の物語拝聴――。マイ・カア、駆けての迅速、かつ悠々迅速、ときに楽曲ＣＤを嗜好聴聞、道づれ同行の私、歓喜、感動の旅路、『折々の俳句』俳話、句ばなし…。

俳人風門さんとのめぐりあわせは、奥八女辺境の峡里の居住の墨客嗜好の私にとりては真実、恩寵のきわみと感謝。

このたびの上梓、俳談句ばなしは郷土九州・福岡を背景に真摯、燻蒸の俳句選抜、懇切、創意あふれる応援に、四季豊潤の自然郷に生涯送迎の〝言葉の幸〟が汲みとられて参ります。

心に響く俳句たち

折々の俳句

九州、福岡から

長き夜は葡萄をつまむためにもあり

富安風生《ふうせい》

松尾芭蕉に「秋深き隣は何をする人ぞ」という句がありますが、秋は「芸術の秋」「読書の秋」などともいわれ、秋の長い夜を、本を読んだり、音楽を聴いたりして過ごします。そして「味覚の秋」。長い秋の夜はしみじみと、葡萄を一粒一粒つまむためにもあるのです。この句は、二十代の秋の夜、ラジオを聴いていて知った、俳句を始めるきっかけとなった句です。

葡萄食ふ一語一語の如くにて　中村草田男

妻がゐて夜長を言へりさう思ふ

森　澄雄《すみお》

読書をしている夫のそばに家事を終えた妻がやってきます。子育てを終えた夫婦でしょう、お茶を淹れながら妻が語りかけます、「夜が長くなりましたね」。夫も来し方を思いながら「そうだね」と応えるのです。私は、十数年前に妻を亡くしましたので、このような安らぎを失くしましたが、それでも、夜長さの中に慰撫《いぶ》の時間を見出すこともあります。

咳《せき》の子のなぞなぞあそびきりもなや

中村汀女《ていじょ》

汀女は、当初『ほとゝぎす』に拠り作句、高浜虚子の賞揚により、星野立子と共に女性俳句の発展に尽くしました。句風は主婦としてのやさしさに満ちています。掲句、子供が風邪を引いて、幼稚園を休んで寝ています。母親は額の手ぬぐいを換えながら子供のそばに付き添っています、子供の世話もしなくてはなりませんが、家事がそのままになっています。けれども、何もできない子供は「もう一回」「もう一回」となぞなぞをせがむのです。

あはれ子の夜寒の床の引けば寄る　　中村汀女

蟬時雨子は担送車に追ひつけず

石橋秀野《ひでの》

母親の病状が急変、担送車《ストレッチャー》に乗せられ搬送されます。異変に気付いた子供が追いかけます、「おかあさんどこいくの！　まって！　まって！」。子供の声と姿が遠くなっていきます、わんわんと響く蟬時雨の中に。

この句が作者の最後の句となりました。石橋秀野は文芸評論家山本健吉の妻で、福岡県八女市の健吉の記念館*「夢中落花文庫」の前庭に、掲句と健吉の句「こぶし咲く昨日の今日となりしかな」が並んで立っています。

＊記念館は、現在八女市立図書館内に移設しましたが、句碑はそのまま残されています。

しぐるゝや駅に西口東口

安住　敦

恋愛映画のワンシーンを想起させる句です。現代は携帯電話やスマホが普及したので、待ち合わせの場所を間違えてもメール一つで連絡が取れ、このようなことは少なくなっています。けれども、人を待つ想いに変わりはないでしょう。まして急に降り出した冷たい時雨の中では不安はつのるもの。果たしてこの二人は会えたのでしょうか。

冬蜂の死にどころなく歩きけり

村上鬼城《きじょう》

群馬県高崎市にある記念館を訪ねたことがあります。そこで目を引いたのは、聴診器のような補聴器でした。鬼城は青年の時、耳疾、聾者として裁判所の代書人をしながら、十人の子女を貧しい生活の中で育てました。その境涯が、作品に反映しています。冬になって飛べなくなった蜂が弱々しく、死地を求めているかのように歩いていります。その終焉の見えない短い永遠のような時の中を。しかし、やわらかな冬の日が射しているようでもあります。

ラガー等のそのかちうたのみじかけれ

横山白虹《はっこう》

ラグビーは冬のスポーツの代表的なもの。天候に左右されない、傷だらけ泥だらけの勇壮なスポーツです。作者は、試合の勝者の凱歌が短いことに感動しました。ラグビーの試合終了を「ノーサイド」といいます。試合が終わった後は、敵味方がないということです。グラウンドにはまだ敗者の試合相手がいます、相手を思いやる心が、勝利の唄を短くしたというのです。そこにスポーツの潔さがあります。

除夜の妻白鳥のごと湯浴《ゆあ》みをり　　森　澄雄

森氏は、大正八年生まれ、私の父と同年代で、戦争中ボルネオで中隊二〇〇名中生存者八名という「死の行軍」を体験、戦後は、妻子を愛し平凡に生きることを決心し、多くの愛妻句を詠まれますが、その中の一句です。
大晦日の夜です。除夜の鐘の音も聞こえています。元日のおせちの準備も終え妻が終《しま》い湯を使っています。その姿を白鳥に例えたのです。何という美しいやさしい愛の表現でしょう。この句を発表した後、その妻が「白鳥夫人」と呼ばれたこともほほえましいエピソードです。その奥様が亡くなった時、左の句が森氏の薬を分けて入れる袋に記されていました。

はなはみないのちのかてとなりにけり　　森　アキ子

賀状完配われ日輪に相対す

磯貝碧蹄館《へきていかん》

年賀状の配達は十二月初旬の準備から始めて、資料整備・作業用具の設置・アルバイトの指導・年賀状引受開始の十二月十五日からの年賀組立と、大晦日まで一日十〜十二時間の根を詰めた作業の日々が続きます。それだけに一月一日年賀状を配達し、太陽に対したとき、一つの仕事を成し遂げた充実感が、安堵感とともに体内に満ちてきます。私も四年間この作業を体験しましたが、作業の支えとなってくれた、思い出の一句です。

羽子板の重きが嬉《うれ》し突かで立つ

長谷川かな女

元日の日射しの中に、羽根突きをしている音がします。年長の娘たちの中に四、五歳ぐらいの女の子が一人混じっています。初めて羽子板を手にしたのでしょう、大事そうにそして重そうに抱えて立っています。自分の羽子板をもてたうれしさにニコニコして。羽子板には藤娘が美しく見えています。最近はもう、みられない光景ですが、正月にバドミントンをする子供達をみると、この句を思い出したりします。

雪だるま星のおしやべりぺちやくちやと　松本たかし

三好達治のよく知られた詩に「雪」があります。

太郎を眠らせ、太郎の屋根に雪ふりつむ
次郎を眠らせ、次郎の屋根に雪ふりつむ

夜十時を過ぎると、遊び疲れて眠った太郎や次郎の家の屋根に、子供達を寝かせつけるように雪が積もってゆきます。そんな詩です。さらに夜が更け、雪の止んだ真冬の空には、満天の星達の会話がはじまります。きらきらと続く瞬く会話を聞いているのは、子供達が作った雪達磨だけ。童話のような一句。

いくたびも雪の深さを尋ねけり

正岡子規

『坂の上の雲』の中に登場する子規は、明治の青年群像の中でも、後年に与えた影響を考えるとき、大きな存在であることは否定できません。しかも、三十歳で寝たきりになり、三十五歳で亡くなるまで多くの成果を残しています。その子規が、床の中から、見えない雪の積もり具合を、妹のりつに尋ねています。寝ていると何もすることがありません。いく度もいく度も。

病床の子規を思うとき、どこか自分の余命を問うているように感じるのは、深読みに過ぎるのかもしれません。

雪とけて村一ぱいの子ども哉

小林一茶

小林一茶は、北信濃柏崎に生まれました。三歳で母を失い、継母とうまくいかず、晩年妻帯しましたが、子供たちとも、次々に死別しました。そのため子供や、動物など、弱いものを詠んだ句が多くあります。柏崎は、日本有数の豪雪地帯で、記念館を私が訪ねたのは三月でしたが、まだ二メートル余の積雪がありました。春になると、表に出た子供たちの喜ぶ声が一斉に村中に響くのです。

是《これ》がまあつひの栖《すみか》か雪五尺　一茶

光堂より一筋の雪解水

有馬朗人《あきと》

岩手県平泉は、中尊寺など、平安後期、奥州藤原氏三代の文化が栄えた地です。芭蕉が、『奥の細道』で訪れ、「夏草や兵共がゆめの跡」と詠んだ地でもあります。やや急な月見坂を登ってゆくと、亭々とした杉木立の奥に金色堂が建っています。春になって坂上の堂から雪解けの水が流れてきたのでしょう。それはまるで、春の光が堂から生まれるようでもあります。

五月雨のふり残してや光堂　　芭蕉

梅一輪一りんほどの暖かさ

服部嵐雪《らんせつ》

先日、太宰府の飛梅の開花が報じられていました。梅は春の到来を告げる花、万葉の頃は、花といえば梅でした。この句の解釈には二通りあり、梅が開くと一輪一輪開くごとに暖かくなるというものと、梅が一輪開いた、しかし、暖かさは、その一輪ぐらいというもの。「ほど」という表現は後者に分がありそうです。しかし、待春の想いが前者の解釈を支持したくなります。

女身仏に春剥落のつづきをり

細見綾子

今、遠距離恋愛をしています。その方は、奈良市の郊外、秋篠という所にお住まいで、事情でこちらに来れませんので、私が奈良まで通っています。お宅の入口に立つと莞爾として迎えてくれます。秋篠寺の伎芸天《ぎげいてん》は乾漆《かんしつ》像で、剥落が絶え間なく続いています。「はくらく」という響きが春と共鳴して、女身のやさしさとはかなさを表しています。憧れの方は、琵琶湖の辺にも、もう御一人います。私が訪ねた三月は名残の大雪が、逢瀬を妨げていました。

渡岸寺《どうがんじ》十一面観世音菩薩雪　風門

いきいきと三月生る雲の奥

飯田龍太《りゆうた》

この句を読んだときに、いつも思い浮かべるのが次の詩です。

山のあなたの空遠く
「幸《さいはひ》」住むと人のいふ。
噫、われひとゝ尋めゆきて、
涙さしぐみかへりきぬ。
山のあなたになほ遠く
「幸」住むと人のいふ。

カアル・ブッセ「山のあなた」〈上田　敏　訳〉

山の向こうには何があるのでしょう、人々はまだ見ぬものを求め、山に登り、旅に出ます。作者の郷里は山梨県、全てのものが雲の向こうからやってきます。季節も希望も、そして……幸福も。

明るくてまだ冷たくて流し雛

森　澄雄

雛流しは、古代、穢《けが》れをうつした形代を水に流したものがひな祭りと結びついたもの。女児の幸福を願うものです。鳥取県用瀬のものが有名で「雛流しの館」の前の川岸から流されます。山国の春、日差しは暖かくなりますが、山川の水はまだひんやりと冷たく感じられます。

ためらうて汀離れぬ流雛　　樋笠　文

家々や菜の花いろの燈をともし

木下夕爾《ゆうじ》

「菜の花畑に入日うすれ……」

春になると田園地帯では、この「朧月夜」の歌詞のような情景がみられます。夕暮れになると家々に灯りが点り始めます、その色も菜の花色。作者は広島県福山市出身。家業の薬局を営みながら、抒情的な詩を作りましたが、俳人としても知られています。この句碑が、薬局の跡地に立てられています。この二月の旅の帰路、ふくやま文学館で知ったことです。

春ひとり槍投げて槍に歩み寄る

能村登四郎

陸上競技は、トラック、フィールドに限らず個人的なものが多いようです。特に投擲《とうてき》種目はそれを強く感じます。春休みの大学ではないでしょうか、卒業式後、入学式の前、閑散としたとしたグラウンドで一人の選手が黙々と練習しています。自分の槍を投げては拾いに行きます、その姿には競技に対する真摯な姿勢とともに、青春の孤独も感じられます。愁いを帯びた春の日の光景です。

麗《うるわ》しき春の七曜《しちよう》またはじまる

山口誓子《せいし》

四月は、出発の季節。職場や学校で新しい生活が始まります。この句は、作者が病臥《びょうが》の折の句ですが、快方に向かっていたのでしょうか、暗さの感じられない句です。この句を、後に結婚の祝辞としても贈っています。いろんな場面での新しい出発へ希望を与える句です。それは、七曜という明るい響きにあると思います。日常使用している一週間と違う響きがあります。

山又山山桜又山桜

阿《あ》波《わ》野《の》青《せい》畝《ほ》

これはこれはとばかり花の吉野山　貞室

ともあるように奈良県吉野は下、中、上、奥と続く桜の名所として知られています。吉野はまた、

歌書よりも軍書にかなし吉野山　支考

とも詠まれており、南北朝時代の南朝ゆかりの地、また義経・静御前別離の地としても知られています。桜のはかなさと重ね見て、私たちを引き付けるのかもしれません。私は初夏、尾根道の奥まったところにある西行庵を尋ねたのですが、尾根道から見た蔵王堂の壮観を、いつか満目の桜の海の上に見たいと思っています。

外《と》にも出よ触るゝばかりに春の月

中村汀女

作者は熊本の出身、熊本市の東、江津湖《えづこ》のほとりに生家があり、師より「汀女《ていじょ》」と名付けられたといわれています。官吏の妻として各地を転々としながら、平明で情感豊かに日常生活を俳句にしました。春の夕べ、洗濯物でも取り入れに外に出たのでしょう。ふと空を見ると、冬の間は冷たく白く見えた月が、暖かく大きく手が届きそうに浮かんでいます。「子供たち、早く外に出ていらっしゃい。大きなお月様がでていますよ」

知慧おくれでもいいこの子のチューリップ　無着成恭《むちゃくせいきょう》

朝十時頃、ささやかな書斎の机に座っていると、窓外を十七、八歳くらいの養護学校の生徒が大声を出して通り過ぎてゆきます。養護学校でどのような授業が行われているのか寡聞《かぶん》にして知りませんが、小さな子供たちがチューリップを育てており、そのチューリップの様に彼等も健やかに育って欲しいと願っているのです。作者は山形県出身の教育者で、「やまびこ学校」の編集者、また子供電話相談室の解答者としても知られており、今は僧侶。経歴からもわかるように、この句は慈愛に満ちています。何とやさしいまなざしでしょう。私も、いつも見る少年の健やかな成長と幸福を願ってやみません。

葉桜の中の無数の空さわぐ

篠原　梵《ぼん》

高村光太郎の『智恵子抄』の「あどけない話」に「桜若葉の間に在るのは、きってもきれない昔なじみのきれいな空だ」という一節があります。この桜若葉と葉桜は同じ桜の若葉ですが、若葉の間の空は、かなり様相が異なっているようです。智恵子の空が広やかな空であるのに対し、掲句の空は、若葉がもっと茂って葉の影が濃いようです。その葉の間からまぶしい光がキラキラ差し込んでいます。作者はそれを空が無数にあると表現しました。もう夏です。

谺して山ほととぎすほしいまゝ

杉田久女《ひさじょ》

四月から五月にかけての黄金週間《ゴールデンウィーク》に毎年恒例としていることがあります。朝倉市秋月を起点に小石原、英彦山を訪ねるドライブです。この時季は、様々な色の新緑が山一面を蔽い、そのビーズをちりばめたような美しい山緑は輝かしい夏のプロローグ。英彦山の「銅《かね》の鳥居」に車を駐め、かつてさかんだった修験道の坊跡の中の石畳や石段を登っていくと、奉幣殿のすぐ下に掲句の碑が建っています。下五の「ほしいまゝ」を得るために、久女は、北九州から何度も足を運びました。交通の便のまだ良くなかった時代、その作句魂には脱帽です。自分の思いのまま気ままに鳴く時鳥の声を一度聞いてみたいと思っています。

万緑の中や吾子の歯生え初むる

中村草田男《くさたお》

万葉集に「春過ぎて夏来たるらし白栲《しろたえ》の衣干したり天の香具山」という歌があります。夏の山の緑に白い衣が映えています。掲句も緑と嬰児の乳歯の白の対比が鮮やかです。わが子の命の輝きを、生き生きと表現しています。万緑という季語は、この句の誕生とともに季語として定着しました。

越後屋に衣《きぬ》さく音や更衣《ころもがへ》

宝井其角《たからいきかく》

あるクイズで「四月一日」の読み方が出題されました、正解は、「わたぬき」。旧暦四月一日は更衣の日で、袷の着物から綿を抜き、単《ひと》衣《え》にしたからです。現在は、六月一日を更衣の日としているようです。越後屋は、現在の三越の前身の呉服屋で、江戸日本橋駿河町にありました。それまで反物で商っていた布を切り売りをして、評判になり、

駿河町畳の上の人通り　（俳風柳多留・初）

と言われるような賑わいを見せました。その越後屋の前を通ると、中から布を裂く音が聞こえたというのです。昔は、糸切り歯で布の端を切り、その切れ目から一気に裂きました。初夏の空にその音が心地よく響きます。

麦秋《ばくしゅう》の中なるが悲し聖廃墟

水原秋櫻子《しゅうおうし》

三月十一日東日本を大地震と津波が襲い、甚大な被害をもたらしました。死者は二万を超え、世界中から哀悼の声と支援が寄せられています。私たちも可能な支援を行わねばならないと思います。この悲劇の中でも深刻なのが、原子禍の問題です。この文を書くにあたり長崎を訪ねてきました。平和公園、原爆資料館、永井隆記念館、浦上天主堂などを廻り七十年前の悲劇を追体験してきました。掲句は浦上天主堂でのもの、明るい初夏の麦畑が焦土のように悲しい。

これ以上眩《まばゆ》きはなし爆心地の万緑　風門

蛍籠昏《くら》ければ揺り炎《も》えたたす

橋本多佳子

枕草子に、「夏はよる、月の頃はさらなり、やみもなほ、ほたるの多く飛びちがひたる。また、ただひとつふたつなど、ほのかにうちひかりて行くもをかし……」とあり、五月の末から六月の末まで川辺に飛ぶ蛍は、初夏の風物詩。小さい頃は近くの川でも良く見ることができ、採ってきた蛍を蚊帳の中に放し、その緑の光を楽しみました。掲句の行為も実際にしましたが、あまり効果はないようです。ただこの句、女性の情念の炎と見れば読み方も異なってきます。

さみだれのあまだればかり浮御堂

阿波野青畝

滋賀県大津市の北西に、近江八景「堅田の落雁」で知られる堅田があります。その琵琶湖の湖辺の満月寺に、千体阿弥陀仏を祀った「浮御堂」があり、芭蕉など多くの文人が訪れています。周縁から渺々《びょうびょう》とした琵琶湖を見るのは、四季を通じて風情があるものです。その浮御堂も梅雨の候、四面の屋根から四方に雨垂れが落ちています。繰り返す濁音〈ダ・ダ・バ・ド〉が雨垂れのように聞こえます。

おもしろうてやがてかなしき鵜舟哉

松尾芭蕉

岐阜県長良川の鵜飼は、五月十二日から十月十一日の間行われます。月の入りを待って、貸切や乗合の舟が所定の場所に集まると、四、五百メートル上流から、篝火《かがりび》を焚いた舟が鮎を追って下ってきます。客舟のあたりまで来ると、鵜匠は十二本の鵜縄で鵜を巧みにさばいて鮎を獲るのです。鵜飼の後は篝火が消え、月のない暗い川面に川音だけが響きます。下の句を「鵜舟」でとめたのが巧です。悲しいのは人間なのです。

又（また）やたぐひ長良の川の鮎なます　芭蕉

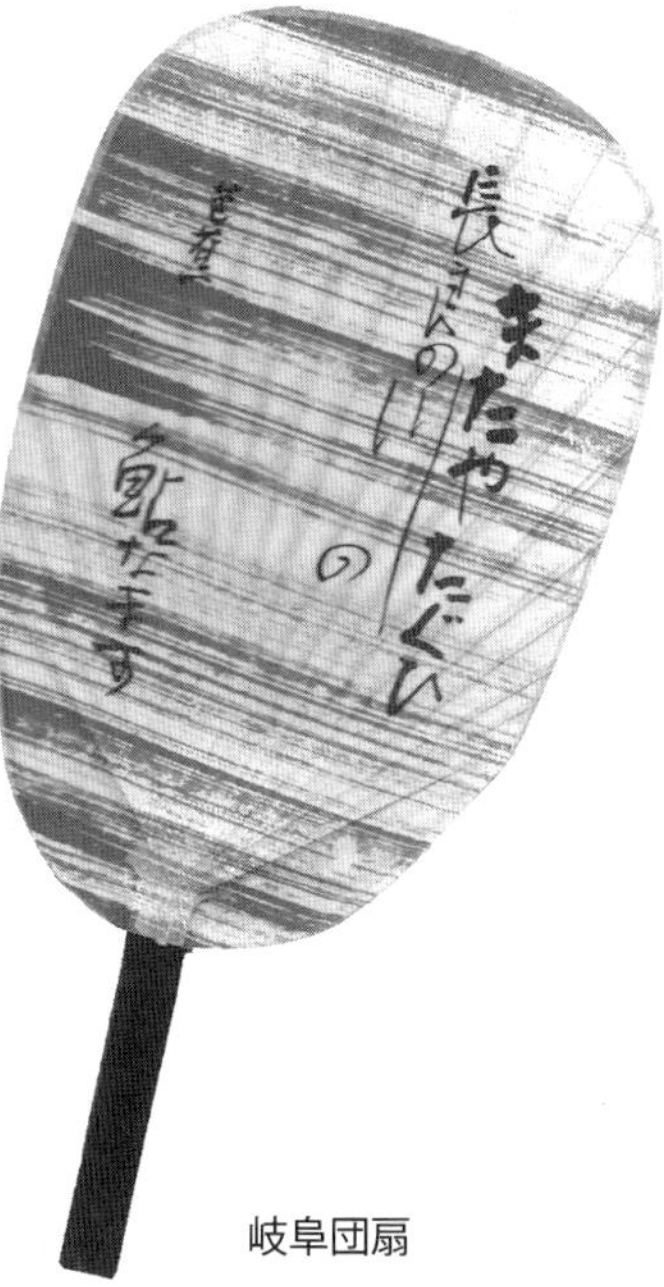

岐阜団扇

七月の青嶺まぢかく溶鉱炉

山口誓子

一九七〇年前後、北九州市小倉に住んでいました。借家は足立山の麓にあり、よく山にも登りました。山頂から見た景色で印象深く覚えている景があります。東方、関門海峡がきれいに晴れ渡っているのに比べ、西方、洞海湾の周辺は、黄色や茶色などさまざまな色の工場の煙で覆われていました。その中心が八幡製鉄所です。製鉄所の中心が溶鉱炉、その中に鉄鉱石と石炭を入れ燃やし、銑鉄《せんてつ》を製錬します。七月の熱く赤茶けて聳える高炉（溶鉱炉）と皿倉山・帆柱山の緑との対比があざやかです。北九州市は現在環境都市になっています。

美しき緑走れり夏料理

星野立子《たつこ》

川床《ゆか》は料亭などが、川の流れの上に納涼のために張り出した桟敷で、京都の鴨川や貴船川のものが著名です。貴船は祈雨止雨の神を祭った貴船神社を中心とした地域、川の上に設けられた川床は、涼しさも格別。その上で饗される料理が川床料理。ガラス器などに盛られた豆腐やそうめん、川魚には緑が添えられ、木漏れ日の中、料理も緑に映えるのです。

霧深き積石《ケルン》に触るるさびしさよ

石橋辰之助

ケルンは、登山者が小石や小さな岩を円錐状に積んだもの、登頂の記念や、道しるべとして造られます。久住山系は、九州の中央辺りに位置することから、登山愛好者に親しまれています。「坊がつる讃歌」で知られる坊がつるは、久住の山々に囲まれた盆地、キャンプをした時の満天の星空は今でも眼に浮かびます。久住登山のメインルートにある北千里浜は、砂と岩の盆地で、そこには三～五メートルのケルンが並び、霧の中の登山者の道しるべとなっています。

長者原讃歌・七月

詞・曲　三宅　陽一郎

長者原讃歌・七月

七月の峯雲の
わきあがる三俣よ
ハイカーの靴音の
歩みだす大地よ
長者原　ここより
径は生まれ　径は帰り
越え行くはすがもりか
牧ノ戸の峠か

七月の日は落ちて
満天の星たち
風の間にながるるは
硫黄山《ざん》の山響《な》り
長者原　ここより
星は生まれ　星は落ちて
夢に見る山巓《さんてん》は
大船《だいせん》か　久住か

七月の朝明けに
小鳥たちの囀り
靄《も》靄《や》靄《は》るる　タデ原に
浮かび来る木道《もくどう》
長者原　ここより
人は発ちてまた帰りて
やまなみよいつでも
変わらずにと祈るよ
長者原　永久《とこしえ》に
変わらずにと祈るよ

①長者原…久住山系登山の中心地、駐車場・観光センターなどがあり、近くに「寒の地獄」などの温泉もある。広い高原でキャンプをする人も多い。
②三俣…三俣山（1745 m）
③すがもり…メインルートの峠、以前売店があったが、主人の逝去に伴い廃され石組のみが残る。
④牧ノ戸…九州横断道の最高地点の峠、駐車場もあり、ここから尾根歩きを楽しむ人も多い。
⑤硫黄山…活火山、長者原から噴気が見える。
⑥大船…大船山（1786 m）
⑦久住…久住山（1787 m）久住山系の中心。
⑧タデ原…長者原にある湿原、散策を楽しむ人も多い。
⑨木道…尾瀬などで見られる、木製の歩道。

滝の上に水現れて落ちにけり　　後藤夜半《やはん》

この句は、昭和六年に大阪の箕面の滝を詠んで、「新日本名勝俳句」の一つとして選ばれ、客観写生の代表的な句として知られています。この句を読んだ時、読者は戸惑うかもしれません。というのはこの句が、滝をただ見たままに描いているだけに過ぎないと感じると思うからです。けれども幾度か繰り返し読んでいるうちに、滝口に現れた水が「て」の一字で無韻となり、ドウドウと滝つぼに落ち鳴り響く音が聞こえてくるから不思議です。環境庁が「日本の滝百選」を選定し、九州からもいくつか選ばれています。涼を求めて尋ねてみてはいかが。

踏切を一滴ぬらす金魚売

秋元不死男《ふじお》

近頃は見られなくなりましたが、「きんぎょーえ、金魚」と売り声を響かせながら天秤棒に、底の浅い盥《たらい》を提げて、金魚売が辻々を回るのを覚えています。踏切にさしかかった金魚売が、踏切にある段差で躓《つまず》いたのでしょう、揺れた盥の水が撥ねて一滴零れたというのです。初学の頃この句に「暑さ」を感じました。炎天の灼けた鉄路に零れた一滴の水は、瞬時に蒸発したと思ったのです。その暑さの中を売り歩く金魚売に思いを馳せたのです。解はともかく、この句を読むといつも、あの金魚鉢に金魚を飼ってみたくなります。

蟻の道雲の峰よりつゞきけん

小林一茶

「あんまりいそいでこっつんこ／ありさんとありさんとこっつんこ」（おつかいありさん）「蟻が／蝶の羽を引いてゆく／ああ／ヨットのようだ」（三好達治・海）など、蟻は私たちの生活に身近な存在です。小学生の頃の夏休み、日盛りの中、飽きもせず、蟻の観察をしていたものです。蟻の列の始まりは花壇の煉瓦の隙間だったり、庭木の根方だったり様々ですが、その始まりがわからないと、蟻の列が何処から続いているのか想像したものです。きっと、この句のように、高々と白く輝く入道雲からの列だったかもしれません。

羅《うすもの》や人悲しますす恋をして

鈴木真砂女《まさじょ》

作者の郷里は、千葉県太平洋岸鴨川。老舗の旅館の女将として二度結婚、その後宿泊に来た将校と家を出、また後、東京銀座に小料理屋「卯波」を営みました。羅は、盛夏のころ用いる絽や紗などの単衣の着物で、すがしさを感じさせるものですが、この句では透いてくる風が身に入《し》むようです。東京に出張した折「卯波」を訪ねたことがあります。開いた引戸から奥の座敷に、著名俳人の顔も見えました。満席で真砂女さんが挨拶に出てこられました。小柄な方でした。

卓に組む十指もの言ふ夜の秋

岡本　眸《ひとみ》

この句の季語「夜の秋」は、近代になって生まれた新しい季語の中でも出色の季語です。夏も押し詰まってくると、夜には昼の暑さが嘘のように、ヒンヤリと秋のような感じがします。作者は、早くご夫君を亡くされましたので、晩夏の閑暇な夜、ダイニング・テーブルに一人座っていると、見詰める指が語りかけてくるようだというのです。虫たちも鳴き始めているかもしれません。私も早く妻を亡くしましたので、この句に重なる思いがあります。

しんしんと肺碧きまで海の旅

篠原鳳作《ほうさく》

私の父の郷里は、鹿児島県指宿市、さらに南に行くと、長崎鼻という岬があります。長崎鼻からは、薩摩富士・開聞岳の美しい扇形のシルエットが望めます。その開聞岳を背景に掲句を含む三句を刻んだ句碑が立っています。この句は作者が宮古島に赴任したときの句と言われています。この句は季語のない句です。多くの人は南国の海を想像し夏の句としていますが、わたしは、秋の句のように感じています。一つの島影も見えない海の旅、空の青と海の紺、体全体が青く染まりそうです。

くろがねの秋の風鈴鳴りにけり

飯田蛇笏《だこつ》

平成四年七月、飯田蛇笏・龍太父子の住居・山盧《さんろ》を訪ねました。龍太氏に入門するためです。十月に『雲母』終刊ということで、かなわず落胆して帰ったことを覚えています。山盧は大きな屋根と深い廂《ひさし》が印象的でした。初秋、軒で降ろし忘れた風鈴が小さく鳴っています。更けて行く秋の夜に玲瓏《れいろう》と鳴る風鈴、山国の孤独を露を帯びた鉄の冷たい響きが深めてゆきます。

傘たたむ音して月の客来たる　　不　詳

この句は、以前、会社の機関紙で見たもので、当時の同僚のMさんと「いいね、いいね」と言い合った句です。中秋の名月の夜です、四、五人の友人達を月見に招待していましたが、生憎の雨、数名の人からは、断りの電話も掛かったでしょう。用意していた芒の生花や酒肴を片付けようとした時、玄関の戸が開き「こんばんは」の声とともに傘をたたむ音がしたというのです。この後のことは想像にお任せしますが、ゆかしい雨月《うげつ》の夜になったと思いませんか。

＊　作者を調査しましたが判明しませんでした。心より謝罪申し上げます。

西国の畦曼珠沙華曼珠沙華

森　澄雄

曼珠沙華は、彼岸花とも呼ばれ、秋の彼岸の前後一週間のみ咲く不思議な花です。稔り始めた稲田の黄色と畦を飾る曼珠沙華の赤が秋晴れの空の下に鮮やかなコントラストを見せます。当初「西国」を、作者の郷里の長崎、お遍路の多い香川などいろいろと想像しました。実際は、「西国」三十三所書写山円教寺付近での作。山上にある寺で、私が、ロープウェイで登ったのが午後四時、下りの最終便まで一時間、駆け足で散在する伽藍を見学、途中で知り合った青年と乗場まで急いだのですが、どこで径を間違えたのか、麓まで下ってしまいました。そこで、青年が一言「いい思い出ができましたね」。すぐ賛同しました。

とどまればあたりにふゆる蜻蛉かな

中村汀女

三木露風詞の童謡「あかとんぼ」にある、「夕焼け、小焼けの、あかとんぼ、負われて見たのは、いつの日か」の光景はもう懐かしいものになりつつありますが、今でも川の土堤や橋の上に立ったりすると、句のように自分の周りに蜻蛉が集まってくる錯覚に捕われることがあります。以前読んだ本に「蜻蛉」に「あきつ」とルビをふっているのをみたことがあります。「とんぼ」よりも「あきつ」に空の広がりを感じます。古代、日本は秋津島と呼ばれていました。

頂上や殊に野菊の吹かれ居り

原　石鼎《せきてい》

「なぜ山に登るのか？」と問われて「そこに山があるから」と答えるのは、ベテランの登山家ぐらいで、普通の休日ハイカーは、頂上の展望を楽しんだり、登頂の達成感を目的としたり、中には途中の草花を楽しむ方もいます。久住山系の星生山頂でイワカガミを見たときは感動しました。掲句、頂上の風に吹かれている一本の野菊、その孤高の姿は、作者原石鼎の心象風景ですが、その紫紺の姿に勇気を与えられる読者もあるかもしれません。

鰯雲人に告ぐべきことならず

加藤楸邨《しゅうそん》

昭和十四年頃高浜虚子の「花鳥諷詠」やそれに対抗する新興俳句が起こり、そのどちらとも異なる理念を持った石田波郷、加藤楸邨、中村草田男等は「人間探求派」と呼ばれました、中でも加藤楸邨は、掲句や、

蟇《ひきがえる》誰かものいへ声かぎり

木の葉ふりやまずいそぐないそぐなよ

など人間の肉声が聞こえる句を作りました。鰯雲は鯖雲、うろこ雲などと呼ばれ秋の雲の代表です。人間《じんかん》に生きていると自分の秘密を持ち、人の秘密を知ります。そのことは自分の中に収め、鰯雲を見上げているしかないのかもしれません。

秋の暮大魚の骨を海が引く

西東三鬼《さいとうさんき》

ヘミングウェイの小説『老人と海』は、本で読み、映画も見ました。小さな漁村に住む老人が、小さな帆かけ舟で漁に出ます。巨大な五、六メートルもあるカジキが鉤に掛かり、何日もの死闘の末、仕留め、舟に縛りつけ帰航するのですが、途中鮫に襲われてしまいます。ラストは、浜辺に打ち上げられた舟と骨だらけになった魚に、漁村の人達が集まって来るシーンでした。「三夕の歌」の一、定家の「見渡せば花も紅葉もなかりけり浦のとまやの秋の夕暮」は、何もない浦を秋としましたが、この句は、大魚の骨を置いて秋の寂寥を描きました。

コスモスの押しよせてゐる厨口《くりやぐち》

清崎敏郎《きよさきとしお》

秋の花と言えば、以前は菊の花で、懸崖《けんがい》菊や菊人形などを飾った菊花展が盛んでしたが、現在はコスモス、丘陵地や休耕田を利用したコスモス園は、その可憐な色と姿で人々を秋の郊外に誘っています。台所は、家の西や北側に位置し、日当たりが悪いのですが、掲句の勝手口にはコスモスが植えられ、まるで波のように押しよせているというのです、コスモスが台所に明るさを届けました。この台所は、もうキッチンと呼んだほうがよいようです。

鳥わたるこきこきこきと罐切れば

秋元不死男

現在は、スーパーやコンビニが身近にあり、新鮮な果物や野菜を容易に買うことができますが、昭和三十年代には、まだまだ移動販売が主流でしたので、我が家も缶詰のお世話になりました。父が缶切でみかんやパインの缶詰を切り、ガラスの器に取り分けるのを眩しく見たものです。この缶を切る音「こきこきこき」は、擬音語と言ってオノマトペ（他に、擬声語、擬態語など）の一。的確な音声化や模倣は、より五感に訴える場合があります。この句の場合は、澄んだ秋の空を渡る鳥の声にも似て、句に広がりをもたらしています。

暁紅に露の藁屋根合掌す

能村登四郎《のむらとしろう》

岐阜県白川郷は、山々に囲まれた山峡の集落で、合掌造りの家々の景観により、富山県の五箇山とともに世界遺産に登録されました。その後、アクセスも良くなり多くの観光客が訪れています。藁屋根は、「結《ゆい》」と呼ばれる村落共同体で、二、三十年に一度葺き替えが行われ維持されています。後世にまで永く遺して欲しいものです。秋の朝の光の中、露を結んだ藁屋根達の合掌する姿は、深い祈りの姿のようです。

柿くへば鐘が鳴るなり法隆寺

正岡子規

子規に「くだもの」という随筆があります。奈良を訪ねたある夜、夕食後、奈良名産の御所柿を頼むと直径三十センチ以上の大丼鉢に山ほど供されました。柿を食べていると鐘の音が近くでします。障子を開けてもらうと、東大寺が頭の上にあるように見えたというものです。掲句には「法隆寺の茶店に憩ひて」とありますが、この東大寺での体験と重なってきます。

この秋、西日本を所々旅しましたが、どの地方でも、たわわになった柿の木が見られました。柿は、日本人の身近にある果物の一つであることを実感しました。

啄木鳥や落葉をいそぐ牧の木々

水原秋櫻子

先日、晩秋のあたたかい日曜日、熊本県合志町にある熊本県農業公園の農業フェアに行きました。収穫祭のような催しで、県下の特産物のテントが並び、近隣の人々も多く来園、秋の一日を楽しんでおられました。仮設ステージでは、ブラスバンドの演奏や大声コンテストなどが賑やかに行われていましたが、離れた所では、椎や櫟《くぬぎ》などの木々が吹く風毎に葉を散らしていました。掲句は、高原の牧場でしょうか、キツツキの木を啄む音が、季節を秋から冬へ急がせます。

跳箱の突き手一瞬冬が来る

友岡子郷《しきょう》

最近、内村航平君の活躍で体操競技に注目が集まっていますが、私が小学校の頃も、体操競技は日本のお家芸と言われ、小野喬、遠藤幸吉という名を覚えています。五年生の頃、跳び箱をしたのですが、恐怖心からか、なかなか跳ぶことができません。何度も挑戦して、跳ぶことができたのですが、その要領の一つが、一瞬の突き手にあると思います。小学校では冬に行う場合が多いようです。一瞬突いた手と跳び箱の間に冷気が生まれます。冬が生まれるのです。

凩《こがらし》の果はありけり海の音

池西言水《ごんすい》

池西言水は、江戸時代前・中期の俳人で、芭蕉とも交流がありました。この句は、言水の代表作で、この句により「木枯の言水」と呼ばれました。山野で吹き荒れていた木枯しが海上に出て、その音は波の音と合わさり、海の音として吹きすさんでいるというのです。

現代の俳句、

海に出て木枯帰るところなし　　山口誓子

は、この句を基に作られていると思われ、よく比較されますが、誓子の句にある虚無感は、この時代にはまだ見ることはできません。

大年《おおとし》の法然院に笹子《ささご》ゐる

森　澄雄

京都東山の銀閣寺から「哲学の径」を南に五分ほど下り、少し山手に上ると、法然院があります。銀閣などのような観光客の喧騒のない静かな寺で、谷崎潤一郎などの著名人の墓もありますが、白砂《びゃくさ》壇《だん》の美しい寺です。笹子は、冬鶯のこと、笹などの薮の中でチッチッチッと鳴くので、こう呼ばれます。大晦日、さらに観光客の絶えた寺に笹鳴きの声が聞こえるというのです。大年の法然院に、一度訪ねてみたいと思っています。

去年今年《こぞことし》貫く棒の如きもの

高浜虚子

少年の頃は、まだ娯楽や趣味も少ない頃でしたので、大晦日の過ごし方といえば、ほとんどの家庭ではＮＨＫ紅白歌合戦を見ていたのではないでしょうか。その紅白のラスト「蛍の光」が歌われている中、画面がいきなり、除夜の鐘の響いている寺の光景に変わります。「ゆく年くる年」です。この華やかさから静かさへの転換は、子供心にも印象的でした。「ゆく年くる年」は軸足が旧年にあり回顧の思いが強いのに比べ、「去年今年」は新年への期待が大きいようです。この棒はどんなものでしょうか、私は閂《かんぬき》のようなものを想像するのですが、私どもの生活や思考の中での不変のものの象徴のようです。私が閂を想定するのは、「棒」が木製で柔らかなものであって欲しいと思っているからかもしれません。

一月の川一月の谷の中

飯田龍太

この川は、飯田家の家、山盧《さんろ》の裏を流れている狐川と言われています。この句について、作者は、「幼時から馴染んだ川に対して、自分の力量をこえた何かが宿しえた」と書いています。この「何か」とは、全ての虚飾を払ったこの句の持つたたずまいであり、この画数の少ない表記であり、「一月」という響きと厳粛さかもしれません。読者は、特定の川ではなく、それぞれに想定していいでしょう。私は、雪深い谷あいをゆく、水量少ない川辺に佇む寒気を感じます。

水枕ガバリと寒い海がある　　西東三鬼

この句を読むとき、中原中也の「北の海」を思います。

海にいるのは、
あれは人魚ではないのです。
海にいるのは、
あれは波ばかり。

風邪などを引いて寝ていると心細いもの。寝返りを打つたびに、耳元で氷枕の氷が鳴り、寒々とした氷海の中に浮かんでいる想いに駆られます。

雪の朝二の字二の字の下駄の跡

田《でん》　捨女《すてじょ》

天保三年（一八三二）刊行の『続俳家奇人談』に、「捨女は丹波の国柏原《かいばら》田氏の女《むすめ》なり。少小より風流のきざしみゆ。六歳の冬」として、掲句があげてあります。この句が六歳の時の作品であるとの真偽はわかりませんが、才女であったのは間違いないようです。この句は、雪がうっすらと積もった朝の景です。小学校のときこの句を知って十センチほど積もった日に真似をしました。下駄の歯に雪が挟まり、アッと言う間に三十センチ、怖くて飛び降りました。

冬麗の微塵《びじん》となりて去らんとす

相馬遷子《そうませんし》

相馬遷子は、長野県の出身、東京で医学を修め、中国・北海道を経て郷里の佐久で病院の院長として敬愛されました。俳句は、佐久や軽井沢など高原の清澄な空気の中、格調高く詠む高原俳句のリーダーとして活躍しました。後年胃癌で胃を切除、医師ですので、自らの病状はわかっていたのではないでしょうか、高原の冬の澄んだ空気の中に去っていく己の魂を見ています。己の死に対しこれほど真摯に向き合った句を他に知りません。享年六十八歳でした。

○○○○○雪つむ上の夜の雨

野沢凡兆《ぼんちょう》

問題です、上の句の五文字を考えてみてください。後に原句をお教えします。

この句については向井去来が、「去来抄」に逸話を書いています。凡兆が上五を決めかねていたので、芭蕉は上五を決め、これ以上のものがあったら、私は俳句を辞めると言ったというのです。少し傲慢に聞こえますが、芭蕉は選定に、かなりの試行錯誤をしたのではないかと想像します。そのうえでの自信だと思います。芭蕉は「下京や」とおきました。上流階級の住む上京に比べ、下京は庶民の町、寝静まった町の雪に降る雨、響きも「シモ」の方が静かです。

かいつぶりさびしくなればくゞりけり

日野草城《そうじょう》

鳰《かいつぶり》は、留鳥《りゅうちょう》で、にお、におどりとも呼ばれます。広い川面や湖沼に浮かんでいるのが見られますが、突然、水中にもぐり、あらぬところに浮かび、ここは何処?という様子でまわりをキョロキョロ。その習性のあいくるしさで人気があります。作者は潜るのは、さびしくなったからと、人のように詠みました。琵琶湖は、古くは「にほのうみ」と呼ばれていました。

さきほどの冬菫まで戻らむか

対中《たいなか》いづみ

松尾芭蕉の「野ざらし紀行」のなかに、「山路来て何やらゆかしすみれ草」の句があります。詞書に「大津に出づる道、山路を越えて」とあり、京都の山科から大津に越える小関越での句と言われていま す(『皺筥物語』には「白鳥山」と詞書して熱田での作としています)。作者は、大津市にお住まいで、芭蕉の句も念頭にあったでしょうが、冬菫へ寄せるやさしい思いを感じます。

二年程前、この句を副題にして短詩を書いたことがあります。題は「冬すみれ」、

かえろう、あのすみれまで
もうすぐはるよって
つげにゆこう

昃《ひかげ》れば春水《しゅんすい》の心あともどり

星野立子

北原白秋の郷里、水郷・柳川は、筑後川の支流や用水路が縦横にめぐらされ、その水路をめぐる川下りは、四季それぞれ風情があるものです。なかでも早春、「さげもん」と呼ばれる雛飾りが店舗の軒先などに吊るされ、冬ざれの後を明るく彩っている頃の川下りは、水路沿いの家々に梅、桃、連翹《れんぎょう》などが咲き競い、船頭さんの唄う白秋の童謡を聞き、そのモニュメントを見ながらゆったりとした時の流れを楽しむことができます。それでもまだ、膝には毛布などが必要で、舷から触れる水には、冬の名残りの冷たさがあります。

柳河・春

詞 曲 三宅 陽一郎

mp
はる まだーあさ きやな がわの ー み
ずーに かが やふ うーすらーひの ー
はるよ はる よと かーささーぎの ー
mp
こゑも とど けや おーきのーはた

柳河・春

春まだ浅き　柳河の
水に耀《かがや》ふ　薄氷《うすらひ》の
春よ春よと　鵲《かささぎ》の
声も届けや　沖の端《はた》

春は芽ぐみぬ　柳河の
水に陽炎《かげら》ふ　並倉《なみぐら》の
光もつるる　青柳の
結びの絲《いと》の　やさしさよ

春は弥生の　柳河の
水のほとりの　さげもんの
男雛女雛の　華やぎを
舟さし下れ　御花《おはな》まで

①鵲《かささぎ》…筑紫平野に生息する白黒の鳥に似た天然記念物の鳥、かちがらす。
②沖の端…川下りの下船所、白秋生家がある。
③並倉…柳川の景物の一つ。赤煉瓦造の味噌倉。
④さげもん…柳川独特の雛飾り。ひな祭りの前後を華やかに彩る。
⑤御花…立花氏の別邸。名庭「松涛園」がある。

この庭の遅日《ちじつ》の石のいつまでも

高浜虚子

京都市の北、衣笠山麓は、きぬかけの道に沿って、金閣寺や仁和寺などがあり、多くの観光客の訪れる地域です。京都に行くたびに、外国人や小・中学生に混じって、尋ねるのがこの句の「虎の子渡し」と呼ばれる著名な石庭のある竜安寺です。方丈の縁に座って三十分位ボーっとして来るのですが、庭に描かれた水の流れに漂っているからでしょうか、時という観念を忘れているようです。殊に春の日永の中では、その思いが強いかもしれません。

白魚《しらうお》やさながら動く水の色

小西来山《らいざん》

白魚というと、歌舞伎『三人吉三廓初買』のお嬢吉三の名台詞「月も朧《おぼろ》に白魚の、かゞりもかすむ春の空、冷たい風もほろ酔いに……」を思い出しますが、江戸時代は大川（今の隅田川）でも、まだ白魚が獲れたそうです。福岡市の西部を流れる室見川でも二月の終わり頃から簗《やな》が架けられ、春の訪れを告げる風物詩になっていますが、こちらの方はハゼ科の「しろうお」だそうです。

ひかり野へ君なら蝶に乗れるだろう

折笠《おりがさ》美秋《びしゅう》

折笠美秋は新聞社に勤務していましたが、四十七歳で筋萎縮性側索硬化症を発病、七年余の闘病の後五十五歳で他界しました。私が俳句を始めた頃で、俳句月刊誌にその闘病句が連載され、毎月発表される句を緊張感をもって読んでいました。筋力が落ちていく中で、最後の頃は文字盤を使い、瞼の動きを奥様が読んで筆記したということです。掲句は、その奥様への感謝を表したものです。早春のひかり降りしきる野原に遊びに行こう、天使のような君だからきっと蝶にだって乗って飛ぶことができるだろうというのです。

春暁や足で涙のぬぐえざる　　折笠美秋

花衣ぬぐやまつはる紐いろ〳〵　杉田久女

この句は、花見から帰った女性を描いています。小さい頃、母が着物を脱ぐのを見ていて、何本の紐を着けているのだろうと不思議な思いで見ていました。句の解釈として、女性が花衣を脱ぎながら、花見の余韻にひたって陶然と佇んでいるというものと、まとわる紐を束縛の象徴として、いらだっている女性を表すものがありますが、下五が六音であることで、後者に分があるようです。

春の海ひねもすのたりくかな

与謝蕪村

日本語は、世界の中でも美しい言葉として知られています。ラジオで、フランス語の女性教師の体験を聞いたことがあります。フランスで講義の後、日本語で「さあ、みなさん海に行きましょう！」と誘ったところ、生徒達が口々に、日本語は美しいと言ったというのです。この句も、その視点から見ると、春の海ののどかさを穏やかな言葉で表しています。この句の中心は「のたりく」ですが、「ひねもす」も大切です。「一日中」、「終日」、「ひもすがら」とも置き換えが可能ですが、それでは春の海の感じはないようです。先日、瀬戸内の海を見る機会がありました。まさにこの海でした。「さあ、みなさん、春の海に行きましょう！」

バスを待ち大路の春をうたがはず　石田波郷《はきょう》

四月は、入学・就職の季節、若者達は大いなる希望を持って、新しい世界に踏み出します。この句は、青春俳句の代表として知られています。作者は、俳句の国、愛媛に生まれ、上京し俳誌『馬酔木』の編集に携わります。その頃の作品ですが、俳句一途の姿勢は終生変わることはありませんでした。若者たちには、己の選んだ道を、何の疑心もなく歩んでいって欲しいと思います。

初蝶やわが三十の袖袂　石田波郷

高嶺星蚕飼《たかねぼしこがい》の村は寝しづまり

水原秋櫻子

養蚕業は、化学繊維が普及するまでは、農家の副業として盛んで、日本の絹の生産は世界の半分以上のシェアを誇っていました。蚕は卵で冬を越し、孵化《ふか》してすぐの毛蚕《けご》という第一段階から脱皮を重ね繭《まゆ》になります。成長して、透明になってくると、蚕を蔟《まぶし》という場所に移すのですが、その作業は、「一頭拾い法」と言って手間のかかるものでした。この上蔟《じょうぞく》の作業や桑の葉の餌やりの作業で、人々が疲れきって寝静まった山村の上に、人も繭も共にいつくしむように、星々がまたたいているのです。

白藤や揺りやみしかばうすみどり　芝　不器男《ふきお》

芝不器男は、愛媛県出身。大正から昭和にかけた五年の短い期間を、友人横山白虹の言を借りれば、「彗星《コメット》のごとく俳壇の空を通過」しました。二十八年の短い生涯でしたが、珠玉の作品を残しています。白藤の棚の下を通っていた風が止んだ瞬間の影の移ろいを静かに捉えています。藤の若葉の色がうっすらと白い花房にかかる初夏の一刻です。

人入つて門のこりたる暮春かな　芝　不器男

摩天楼より新緑がパセリほど

鷹羽狩行《たかはしゅぎょう》

摩天楼は、天に迫るものの意ですが、英語スカイスクレイパーの訳を「天をかき回すもの」と、中学生の頃、実感を持って習った記憶があります。マンハッタンの中でもエンパイアステートビルは一九三一年の竣工、「めぐりあい」などの映画の舞台などにもなり有名です。掲句はこのビルから見下ろした景を描いたもの。地上の一本の新樹が、ちょうどランチプレートにのったパセリのように見えたというのです。現代の新しい比喩の代表の一句です。

目には青葉山ほとゝぎすはつ松魚《かつお》

山口素堂《そどう》

この句には「かまくらにて」の前書が付いています。古都・鎌倉は南は海ですが、三方を山に囲まれ、初夏、青葉の山からは時鳥《ほととぎす》の声が聞こえます。また芭蕉に、「鎌倉を生《いき》て出《いで》けむ初鰹」の句があるように、鰹の産地でした。初物好きの江戸の人は、この初鰹を競って求めました。川柳にも「目と山と耳と口との名句也」などと詠まれ、人口に膾炙《かいしゃ》した句です。

モガリ笛いく夜もがらせ花二逢はん

檀　一雄

博多湾に浮かぶ能古島は、万葉集に歌が残されているように、防人の島として知られていますが、小説「リツ子・その愛」「リツ子・その死」「火宅の人」の作家・檀一雄の終焉の地でもあります。檀一雄は、福岡県柳川市生まれ、各地を遍歴した後、能古島に居を定めました。句は、昭和五十年十一月病床での絶筆。窓の外には虎落笛《もがりぶえ》が鳴っているが、このせつない音をあと幾夜聞いたら桜の花の咲く季節になるのだろうというのです。翌五十一年一月二日逝去。島の北端の公園から南へ径をたどると、この句の碑が建っています。碑の建てられた五月、第三日曜に花逢忌《かおうき》が毎年催されています。先日、この碑の場所に立ったとき、この場所が、リツ子の最期の地・小田に臨んでいることに気付きました。

身一つとなりて薫風ありしかな

佐藤　勲

　昨年の角川俳句賞永瀬十悟「ふくしま」五十句は、震災の直後を描いて臨場感のあるものでしたが、黛まどか著『引き算の美学』で知った掲句には異なる感懐があります。句に次の言葉が添えてありました。「思いも寄らない大津波に遭い、家と半生で積み上げた形あるものを悉《ことごと》く流失した。呆然自失の日々から覚めた時かけがえの無い家族がいて、今年も生まれたばかりの薫風が、吹いていた。」報道などを見ていると、罹災者の「慰めは要らない」の言を多く聞きました。自然災害を治癒できるのは、時間と家族愛、そして薫風のような自然の力だけなのかもしれません。春から初夏は再生の気に満ちた季節です。

麦車馬におくれて動き出づ

芝　不器男

初夏、福岡市天神から西鉄大牟田線に乗り、筑紫野を過ぎると、筑後平野の麦畑が一面に広がり、「麦秋」という言葉が想起されます。梅雨に入る前の短い期間に麦の取入れが急がれます。不器男は愛媛県の南部の田園地帯の出身、昭和初期麦を運ぶ荷車は牛馬でした。馬が動き出し、それが荷車に伝わるまでの少しの時間のズレを微妙に表現しています。「て」で一瞬止まった時間が大きな力となって山積みされた麦車に伝わります。麦車が「おくれて」動き出すのです。

青梅の臀《しり》うつくしくそろひけり　室生犀星

六月は、梅の実の黄熟する季節、その頃の雨を梅雨と呼ぶようになりました。梅雨に入る前に、梅干にする梅が収穫されます。テレビでも、毎年、太宰府で、「飛梅」の実を落とし、それらを朱袴の巫女が拾う光景が放映されます。伸びた枝々には嬰児のお尻のような実がつやつやと葉隠れに並んでいます。犀星は、終生、俳句を詠みましたが、果実の句を数句残しています。

あんずあまさうなひとはねむさうな　室生犀星

郭公や何處までゆかば人に逢はむ

臼田亜浪《うすだあろう》

郭公は、その「カッコー、カッコー」というさびしげな鳴き声から、閑古鳥や呼子鳥などと呼ばれ、初夏の林などに行くと其処此処で鳴いて、私たちを林の奥に誘います。郭公の習性に、托卵《たくらん》があります。頬白などの鳥の巣に卵を寄託し、その親たちに育てさせるのです。この子の孤児のような生い立ちを考えると、その声が、一層さびしく聞こえてきます。誰かに会いたくなります。

うきわれを淋しがらせよかんこどり　　松尾芭蕉

文月や六日も常の夜には似ず

松尾芭蕉

七月七日は七夕、古い民俗の星祭りや乞巧奠《きこうでん》（女性が裁縫・習字の上達を星に祈ったもの）に起源をもったものです。その前日にはもう七夕飾りなども用意され、明日の七夕と同じように普段と違った雰囲気だというのです。旅に出ると、いろんな行事に遭遇することがあります。石川県小松市の多太神社（芭蕉が「むざんやな甲の下のきりぎりす」を詠んだ）を訪ねた時、七月七日で、子供たちが三々五々、七夕竹を神社に持ち寄っていました。境内で燃やすためです。七夕は、もともと六日の夜から翌朝までの行事でした。

東山回して鉾《ほこ》を回しけり

後藤比奈夫《ひなお》

祇園祭は七月十七日から二十四日までの、京都八坂神社の祭礼です。十七日の神幸祭では、鉾七基、山十三基が四条烏丸に集まり、巡行します。巡行の見所が辻回しです。車は重いので、四つ辻で、割竹の上を滑らせて回し、方向転換をします。作者は、句が出来たときのことをこう書いています。「東山という字をじっと見ていますと、（中略）回すという言葉がふと浮かびました。そして鉾が回れば東山が回って見え、東山を回さないと鉾が回らないという相対の関係に気がついてはっとしました。」東山を回すには力がいります。この句を見るたび、拳を握ってしまいます。辻回しの力感をよく伝えてくれる句です。

短夜や乳ぜり泣く児を須可捨焉乎《すてっちまおか》

竹下しづの女

作者は、福岡県出身。小学校の訓導や、図書館の司書をしながら、二男二女を育て、男性的で、主観の強い句を作りました。夏の眠り足りない短い夜、幼子が乳を欲しがって愚図ります。「捨ててしまおうか」と出来もしない思いに捉われます。暑い夏の夜の瞬間の思いです。漢語の反語的表現に力点があります。

泡一つ抱いてはなさぬ水中花

富安風生

長崎県出身の詩人伊東静雄の詩に「水中花」があり、前文が水中花の説明になっていますので引用します。「(水中花は) 木のうすいく削片を圧搾してつくつたものだ。……水中に投ずれば……花の姿にひらいて、……水の中に凝としづまつている」。最近は、夜店でも見られなくなりましたが、幼い頃、コップの水の中に咲いた、ゆらゆら揺れるはかなげな花の姿を飽かず眺めていました。掲句の水中花は、葉片の上に真珠のように、自らの魂のように泡を一粒抱いています。短い夏のはかなく美しい花の姿です。

夏河を越すうれしさよ手に草履

与謝蕪村

六、七歳の頃、父の転勤で大分市の郊外に住んでいました。家の周りには、小川や農業用の疎水《そすい》があり、夏休みの日課として虫取り網や笊《ざる》で鮒や小蝦《こえび》をすくって遊んだものです。水遊びではありませんが、旅での出会いを一つ。奥の細道の見学の帰り、京都の下鴨神社を訪ねたときのこと、ちょうど御手洗会《みたらしえ》が行われていました。御手洗川に足をつけて、無病息災を祈る行事です。参拝者は境内を流れている川の中を履物を手に手に歩き、身を清めます。夏の歩き疲れた足に冷たかったことを覚えています。土用の丑の日の行事で、昔は「紏《ただす》の涼み」と呼ばれ、納涼を兼ね、大勢の人が参詣しました。掲句は蕪村が丹後を訪ねた時のものです。

泉への道後れゆく安けさよ

石田波郷

環境省の選んだ名水百選の一つに、阿蘇の白川水源があります。水源までの径を泉川の音を聞きながら歩くのは、気持ちの良いものです。作者は、肺を手術した後、主治医の友人と軽井沢で遊びました。その頃、肺活量が、一、四〇〇でしたので、遅れがちになります。その時のことを「行きつく先は泉と知つて、後れながらも私自身のペースでゆつくりと歩いてゆくことは極めて平静なたのしさであつた。後れてゆくゆゑの安けさと思ふばかりである。」と書いています。仲間と山などに行った時、同様の経験をすることがあります。自然と一対一になり、自然に包まれる安らぎに似ています。

戦争と畳の上の団扇《うちわ》かな

三橋敏雄

八月は六日（広島忌）、九日（長崎忌）、十五日（終戦記念日）があり、反戦の思いを強くする月間です。日本は戦後七十年近くが過ぎましたが、今も世界の各地で戦闘が行われています。原因は様々ですが、敵対する憎悪の心の低減と武器の撤廃を望みます。この句は団扇を平和の象徴とし、遠い戦争（日本の戦争を含む）を想望した、反戦の一句です。

炎天の遠き帆やわがこころの帆

山口誓子

福岡市西区に、小戸《おど》公園という白砂青松の海浜公園があります。妻が健在の頃の日曜日の朝、ハンバーガーを持って、先端の小丘で海を眺めました。志賀島や能古島が眼前にあり、博多湾には幾十のヨットが浮いていていました。海の沖合いに浮く白帆は、憧憬に似て、手の届かないものの象徴であるのかもしれません。心の海にいつまでも浮き続ける帆は、誰の海にもあるでしょう。

ひとすぢの秋風なりし蚊遣香

渡辺水巴《すいは》

古今集、藤原敏行の歌「秋来ぬと目にはさやかに見えねども風の音にぞおどろかれぬる」は、草や木を吹き過ぎる風に、秋の到来を耳で感じています。現在は蚊も少なく、蚊取線香を用いる家庭は少ないかもしれませんが、以前は夏の必需品でした。薫いている渦巻線香から、一条煙が上っています。その煙がかすかに揺らぎます。揺らしたのが秋の風だというのです。目で捉えた秋の到来です。

糸瓜咲《さい》て痰のつまりし仏かな

正岡子規

この七月、友人の在籍している合唱団を東京に聞きに行ったのですが、午後の公演まで時間がありましたので、根岸にある子規庵を訪ねて来ました。たまたま劇団の人の「病床六尺」の朗読があり、有意義な訪問でした。庵も庭も瀟洒《しょうしゃ》なたたずまいで、棚には小さな糸瓜《へちま》が下がっていました。句は、絶筆三句の一。他は、

痰一斗糸瓜の水も間に合はず
おとゝひの糸瓜の水も取らざりき

糸瓜の水は痰や咳を鎮める効果があるそうです。糸瓜の水が間に合わず痰が詰まったというのです。子規は己を仏と戯画化しています。それは俳句的ですが、最期の句となったことに、痛烈な悲しみを感じます。九月十九日は糸瓜忌です。

いなびかり北よりすれば北を見る

橋本多佳子

今年の雨は、ゲリラ的局地的で、九州でも熊本や大分の山間部に多大な損害を与えました。先日、矢部川上流の福岡県星野村を訪ねたのですが、特に道路の陥没が多く、生活に支障をきたしていました。早期の復旧が待たれます。今年は雷も多いようです。屋内で手仕事や読書をしていると、稲光がしてしばらくの後雷鳴がします。掲句はそのときのありようを巧みに捉えています。また、その方向を北としたことが、句に陰影を与えました。

ひぐらしが啼く奥能登のゆきどまり

山口誓子

「喜びも悲しみも幾年月」は歌や木下恵介の映画でも知られ、灯台守を描いています。灯台は、詩でも「一本のチョーク」や「哲人」に例えられ、岬のシンボルとして印象的です。掲句は、能登半島の禄剛崎《ろっこうざき》に建つ句碑で知った句で、灯台からは重く雲の垂れ込めた日本海に、海人で知られる舳倉島《へぐらじま》も望めました。能登の先端で、「ゆきどまり」の寂寥感が強かったことを覚えています。

芋の露連山影を正しうす

飯田蛇笏

秋冷の朝露を結んだ里芋の向うに、端然と山なみが連なっています。山はどの山でも良いのでしょうが、蛇笏は、山梨県の人ですので、連山は、八ヶ岳や南アルプスでしょう。「芋の露」という近景と、明けそめた玲瓏《れいろう》たる山々の遠景とを前に佇む作者、「正しうす」は、秋の朝のたたずまいであるとともに、作者の心の有り様を表しています。今、私が、目標にしている憧憬の一句です。

「芋の露…」の句碑（山梨県甲府市）

連《つれ》のあるところへ掃《はく》ぞきりぐす

内藤丈草《じょうそう》

新古今集に、藤原良経の「きりぎりす鳴くや霜夜のさむしろに衣片敷きひとりかも寝ん」がありますが、掲句も含め、江戸時代の後半まで「きりぎりす」は今のこおろぎのことでした。丈草は、芭蕉の門人の一人で、「さび」を追求しました。早く遁世《とんせい》し、禅も修めていますので、やさしい視線があります。部屋で見つけた蟋蟀《こおろぎ》を、庭で鳴いている仲間のところへ掃き帰してやろうというのです。草庵にひとり棲む丈草のさびしさが滲んでいます。

鳥渡る北を忘れし古磁石

鍵和田《かぎわだ》秞子《ゆうこ》

秋になると、越冬のために多くの鳥が渡って来ます。鹿児島県では、出水《いずみ》の鶴が有名ですが、福岡市でも和白干潟や大濠公園でも見ることができます。作者は、ロンドンの博物館でこの磁石を見たそうですが、渡ってくる鳥たちは、その体内に磁石を持っているのでしょう、毎年間違えず同じ地に帰ってきます。不思議に思うとともに、その環境をいつまでも維持しなくてはと思います。

草いろ〳〵おの〳〵花の手柄かな

松尾芭蕉

松尾芭蕉の忌日は、陰暦十月十二日、時雨忌《しぐれき》と呼ばれます。毎年新暦の十月、郷里の伊賀上野で、芭蕉祭が行われます。城のあった上野公園を中心に、句会や講演会など様々な行事があり、式典が、公園の芭蕉の旅の姿をかたどった俳聖殿で行われます。掲句は、式典に参加した折、散策した市内で見た句碑にあったもので、すぐスマップの次の歌詞を思い出しました。

そうさ　僕らは／世界に一つだけの花／一人一人違う種を持つ／その花を咲かせることだけに／一生懸命になればいい

（槇原敬之・世界に一つだけの花）

秋の草は七草に限らず、それぞれ美しい花をつけます。その草だけの個性ある花を誇りに思いなさいというのでしょう。昔も今も変わらない思いを、うれしく思います。

をりとりてはらりとおもきすゝきかな

飯田蛇笏

『万葉集』の山上憶良の秋の七草を詠んだ歌「萩の花尾花葛花なでしこの花女郎花また藤袴朝貌の花」の尾花《おばな》は芒《すすき》のことです。芒は昔から現代まで秋を代表する植物で、郊外や山野などに多く見ることができます。掲句は、初め「折りとりてはらりとおもき芒かな」でしたが、推敲してひらがなのみの表記としました。芒を折り取ったときの、手に移ってくる感覚を、この表現にまで突き詰めたのです。すすきはひらがなの軽さになりました。

渋柿の如きものにては候へど

松根東洋城《まつねとうようじょう》

この句の前書は、「さて仰せかしこまり奉るとて」とあります。作者東洋城は、宮内省式部官でした。大正天皇より俳句を差し出すよう御沙汰があったので、句を奉ったのですが、その時のことを詠んだ句で、「私の句は渋柿のようにつまらないものです」という謙遜の意を表したものと解釈されています。しかし、自らの俳誌を「渋柿」と名付けていることから類推し、「俳句は、後で干柿となる渋柿のように、滋味のある奥の深いものです」とも理解して良いようです。

女湯もひとりの音の山の秋

皆吉爽雨《みなよしそうう》

数年前まで、東北地方を中心に、『奥の細道』をたどって旅をしていましたが、ついでに青森県まで足を伸ばし、十和田湖の近くにある蔦温泉を訪れたことがあります。山奥の一軒宿で、木造の浴室は天井が高く、浴槽の底には大木が敷いてあり、その間から源泉が湧出していました。夜遅く、一人湯に浸っていると、この句のように女湯から湯を使う音が聞こえて来ました。日本の秋のゆかしい旅の思い出です。女性は、「男湯も」などと思ったりするのでしょうか。

鷹一つ見付てうれしいらご崎

松尾芭蕉

愛知県渥美半島は、知多半島とともに、三河湾を包み込むように伸びていますが、その先端に、伊良古岬《いらごさき》があります。半島を挟んで湾の反対側は太平洋で、民俗学者柳田国男が、『海上の道』で書いた椰子の実のことを、島崎藤村が「名も知らぬ遠き島より」の詩にして知られています。芭蕉は、この地に蟄居していた弟子の杜国を訪ねえたよろこびを、鷹に託して詠みました。私が「椰子の実」の詩碑を訪ねたのは十月で、夕方、長い渥美半島を急いだのですが、秋の日は釣瓶落とし、すっかり暗くなって、碑面を読めず、碑の輪郭だけを見てきました。足元には太平洋の波音が高く、遠く伊勢の灯が冷たく瞬いていました。

湯豆腐やいのちのはてのうすあかり

久保田万太郎

久保田万太郎は、浅草などの下町を描いた小説家また劇作家として知られていますが、本人が〈余技〉とした俳句でも知られています。この句は、晩年の句で、妻、息子を亡くした後、愛人三隅一子も亡くした後の句です。年老いた後の孤独を描いています。湯豆腐の湯気があがっています。その湯気の向うに、命の灯をみているのです。孤独な者にとって、けっして明るい灯ではないのでしょうが、湯豆腐のあたたかさが救いとなっています。

教会と枯木ペン画のごときかな

森田　峠《とうげ》

十二月になると木々の葉も散りつくして、街々から一気に色が失われます。この句を読んで、パリ・モンマルトルを描いた画家ユトリロを思う人もいると思いますが、この句には、さらに硬質の着色していない冷たさを感じます。ペンだけで描いた黒と白の冷たさです。描かれた絵には教会と枯れ木のみ、やわらかな雪も、木枯らしに吹き飛ばされている寒々とした光景です

星空へ店より林檎あふれをり

橋本多佳子

福岡市の西の副都心、西新は、まだリヤカー部隊と呼ばれるおばさんたちの花屋や干物屋が商店街に並ぶ庶民的な町です。以前、その商店街の一角に、お年寄りのご夫婦の営む果物屋さんがありました。果物屋は、花屋と同様に明るく季節の変化があるので大好きです。年の暮には蜜柑や林檎など、多くの果物が青いビニールの籠に一盛りいくらで売られ、裸電球に輝いていました。仕事の帰り、時々途中下車をして、季節の果物をもとめました。無口な人達でしたが、その時間も、今思うと貴重な時間であった気がしています。

滅ぶ興るその波濤より冬鷗

今村俊三

逝去された方から便りが届くのは、深い感懐があるものです。私のただ一人の俳句の師、今村俊三の命日は十二月二十四日。十五日から引き受けられた年賀状が、一月一日に配達されました。その時の句は「肺に息通すくすりや福寿草」でしたが、師からの年賀状で一番印象に残っているのが、掲句です。起き伏しする冬の荒波の中から飛立ってくる一羽の鷗。この句を、師からの叱咤の声と感じました。社会生活も同様ですが、俳句も一朝一夕に成就するものではありません。多くの知識と経験、そして継続が必要です。短い師弟期間でしたが、俳句に対する姿勢など、学んだことと師への思いは、私の中に今も強く生きています。

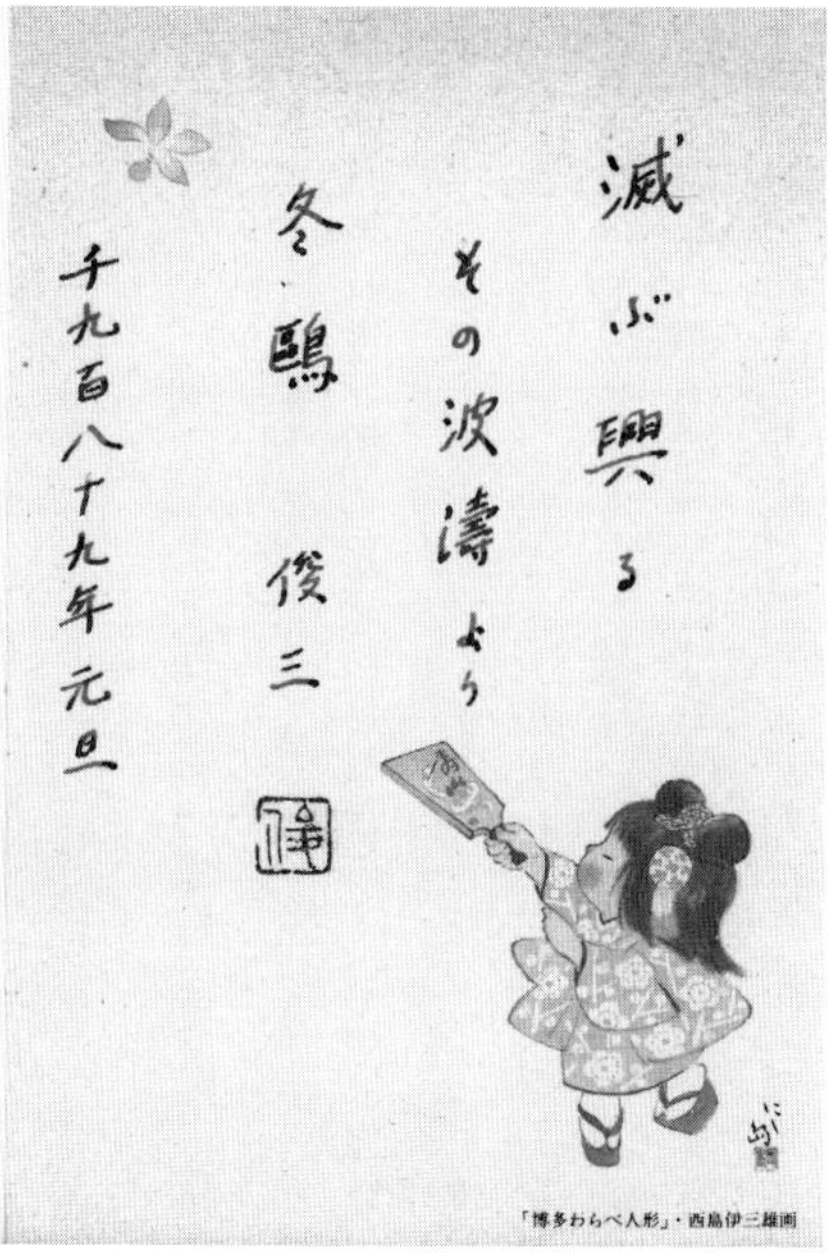

師、今村俊三から届いた年賀状

元日や手を洗ひをる夕ごころ

芥川龍之介

元日の過ごし方は、家族により異なるのでしょうが、我が家は概ね次のようでした。大晦日が夜更かしですので、家族五人が起床してそろうのが八時過ぎ、賀詞を交わしながら、食卓に付き、屠蘇を舐め、白木の箸でおせち・雑煮をいただき、その後近所の神社に参拝しました。掲句は、その後のこと。芥川龍之介は、『枯野抄』で芭蕉の終焉を扱っているように、俳句にも関心を持っていました。元日も、午後になると年始客などはあるでしょうが、夕方、厠（以前は、家内の一番奥まった所にありました）を用いる頃には、慶賀の華やぎも薄らいでいきます。ひんやりした夕明かりに、少しだけ厳粛さが残っているようです。

初電車待つといつもの位置に立つ

岡本　眸

作者は、会社勤めの秘書でした。正月、出掛けることがあって、初めて電車を利用した時のこと、気が付くと、通勤の際自分がいつも電車を待っている所に立っていたというのです。何気なく行動していると、このようなことがあります。現代人の習慣にある悲哀を、静かに切り取っています。「初」というめでたさが消える瞬間。

蒲団開け貝の如くに妻を入れ

野見山朱鳥《あすか》

この句を読んだ時、「偕老同穴」という言葉を思いました。「比翼連理」とともに、結婚の祝辞に使われます。ともに老い、同じ墓に入るということ。夫婦の絆の深からんことを願う言葉です。この名を負ったカイロウドウケツカイメンという海綿がいます。体腔の中に、対の「同穴海老」を飼い共生しています。このことと、イメージが重なったのです。作者は先に布団に入っていましたが、妻を迎えるとき、布団に入り易く開けてあげました。それが貝のようだというのです。この句を知って、亡妻に真似たことがあります。二十年以上も前のことです。

冬菊のまとふはおのがひかりのみ

水原秋櫻子

石田波郷は、師秋桜子の句の中で一句をあげよといわれたら、この句を挙げると言いました。現代俳句の代表句として、是非指を折りたい一句です。冬、満目《まんもく》枯れ切った蕭条《しょうじょう》たる景色の中に、一本の白菊が咲いていています。光の無い中、その花は、自ら光を発しているようだというのです。現代は、若者達に哲学が失われつつある時代と言われていますが、一人の人間として、名も成さず、財も成さず、仮令逆境に措かれようとも昂然と頭を上げ、この冬菊のように凛とした風姿をもった存在感のある生き方を、若者達に望みたく思います。

雪の水車ごつとんことりもう止むか

大野林火《りんか》

大分県日田市の北の谷合に、小鹿田《おんだ》という、小さな陶芸の里があります。英国の陶芸家バーナード・リーチが訪れ、知られるようになりました。部落に入り気が付くのが、谷川の音と、「ギー、バタン」という、梃子《てこ》の原理を用いて水力で土を細かく粉砕する水杵の音です。水が凍ったり、雪が積もったりするとその音も止み、陶郷は冬の眠りに就くのです。そして、雪や氷が解けると、水杵の音と共に、春がめぐってきます。数百年続く季節の営み……。

みちのくの淋代《さびしろ》の浜若布寄す　山口青邨《せいそん》

九州自動車道を本州方面に向かうと、関門橋の手前に「めかり」パーキングがあります。この「めかり」は「和布刈」で、山下の「和布刈神社」に拠り、旧暦の大晦日の深更から未明にかけて、神官が若布を刈り神前に供える神事に由来しています。春から生長する若《わか》布《め》を供え、その年の豊漁を祈るのです。掲句の淋代海岸は、青森県八戸市の北にあります。「みちのく」「淋代」のわびしい地名をもった浜に、若布が寄せ、春の到来を告げているというのです。褐色の若布を浜から拾ってきて、茹でてみたことがあります。その緑の何と鮮やかなこと。

春潮といへば必ず門司を思ふ　高浜虚子

遠山に日の当りたる枯野かな

高浜虚子

山本健吉は『現代俳句』のなかで「夕景であろうか。寒むざむとした冬枯れの景色の中で日の当たった遠山だけが、なにか心の救い、心の支柱となる。」と書いています。初冬、仲冬、晩冬いつでも良いのかもしれませんが、健吉の説を更に推し進めて、晩冬、早春の予兆と採るのはどうでしょうか。「当りたる」の響きに明るさを感じます。

白梅のあと紅梅の深空あり

飯田龍太

作者の郷里山梨県には、「甲州野梅」という種があるそうで、白梅と紅梅の開花期には一週間ほど遅速があるといいます。紅梅が咲く頃は、更に春も深まって、空がその青の色を深めているというのです。太宰府があるためか、福岡県の県花は梅です。県下にも多く梅の名所がありますが、梅は紅白咲きそろった頃が見ごろのようです。国立博物館ができたので、太宰府を訪ねる機会も多くなりました。早春、太宰府の境内の奥「お石茶屋」の毛氈《もうせん》に座って、咲き誇る紅白の梅花の下、梅の香に酔いながら梅ケ枝餅を食するのも一興では。

にぎはしき雪解雫《しづく》の伽藍かな　阿波野青畝

日光東照宮は、東照大権現徳川家康を祭った神社で、その権現造の極彩色の建造物群は、世界遺産に登録されています。芭蕉も『奥の細道』で訪れ、「あらたうと青葉若葉の日の光」と詠んでいます。日光には修学旅行を含め数回訪ねています。早春の三月に訪れた折、陽明門の周囲にはヒチヒチと屋根の雪解が盛んで、その雫の賑やかな音の中、杉の木立を洩る春の明るい光に煌めく雫と軒の彫刻を、しばらくまばゆく見上げていました。

雪解水二荒の杉に響きけり　風門

永き日や欠伸うつして別れ行く

夏目漱石

歳時記を繙《ひもと》いていますと、「雀海中に入り蛤と為る」とか「獺魚《かわうそうお》を祭る」など面白い季語に出会います。「蛙の目借り時」もその中の一つ。解釈はいくつかありますが、春になって眠気を催すのは、蛙が目を借りるからだというのです。漱石は、友人の正岡子規の影響で、作家になる前多くの俳句を作っています。日も永くなった頃、町中で出会った友人同士のユーモラスな一こまです。

仕る手に笛もなし古雛

松本たかし

先日、晴れ渡った朝の天気に誘われて、うきは市吉井のひなまつりの催しを覗いてきました。筑後吉井は、久留米と天領日田を結ぶ街道の宿場町で「居蔵」と呼ばれる、住まいに用いた蔵の白壁の美しい町です。日曜日で多くの夫婦連れ、家族連れが早春の散策を楽しんでいました。鏡田屋敷という住居で雛飾りを見ていますと、案内の方が、「三人官女のうち一人は既婚者で眉を落としています」と教えてくれました。プチ知識を得るのも観光の楽しみです。掲句は五人囃子。笛方の笛の喪失を記すことで、段雛の見て来た歳月を表現しています。

顔《かんばせ》の佳き雛なれど古衣　　風門

車にも仰臥という死春の月

高野ムツオ

東日本大震災から二年が経過しました。当日、車で外出していましたが、ラジオで一報を得、帰宅後すぐ見たのが、あの津波の光景でした。押し寄せる海に翻弄される船、家、車等などを呆然と見ていました。作者は、宮城県の方で、知人も亡くされました。「にも」の二字に万感の思いが込められています。本来あたたかいはずの春の月でさえ冷え冷えと感じられます。何も出来ませんが、せめて心だけでも、被害者の方々に寄り添っていたく思います。

若葉萌ゆ泣ぎながらでも生ぎっぺし　　工藤幸子

水とりや氷の僧の沓の音　　松尾芭蕉

　この句は芭蕉の真筆（直筆）が残っており、これでもよいのですが、「氷」が「こもり（籠）」となっている句型もあり、今度、修二会（お水取り）へのお誘いがあり、「百聞は一見に如かず」と見学確認にまいりました。修二会では、僧が「お松明」を掲げて舞台の上を走る光景が知られていますので、その折の句と思っておりましたが、実際は「走り」と呼ばれる行法の際のことでした。二月堂の内部は、須弥壇のある内陣と見学席に分かれており、その間は白い麻布で仕切られています。十一人の連衆が経を唱えながら内陣の須弥壇の回りを走る姿が走馬灯のようにその布に映し出され、木靴の音が堂内に響き渡ります。ですからまだ白い布の中での「籠」にも惹かれていますが、厳粛さを強調する「氷」をも認めたく思います。修二会が終わると奈良にも春が訪れます。

まさをなる空よりしだれざくらかな　富安風生

この句は、千葉県市川市真間の弘法寺《ぐほうじ》での作。真間《まま》は多くの若者に慕われ選ぶことができず、入江に身を投げたという手古奈《てこな》の伝説で知られています。安産の祈願所・手古奈堂、高橋虫麻呂が「葛飾の真間の井見れば立ち平し*水汲ましけむ手古奈し思ほゆ」と詠んだ真間の井があります。枝垂桜は、西日本には少ないのであまり見る機会がありませんが、しだれ柳のような桜を下から見上げる春の空は、手古奈の心のように清く澄んでいるでしょう。

＊立ち平す（たちならす）で、地面が平になるほど何度も行き来すること

春昼の指とどまれば琴も止む　野澤節子

作者は、幼い頃脊椎カリエスに罹り、青春時代を含む二十四年間病臥を強いられました。習っていた琴も中断、琴の音が絶えることは喜びの中断、いのちの中断です。病床で知った俳句がせめてもの慰めとなったことでしょう。

冬の日や臥して見上ぐる琴の丈　野澤節子

太閤が睨みし海の霞哉

青木月斗《げっと》

この句は、初めて私が俳句に接した句です。小学生の頃、父が慰安旅行か何かで買ってきた土産の、佐賀県呼子の絵葉書の句碑の写真で知ったものです。太閤は誰か解らなかったと思いますが、「睨みし」に引かれたのでしょう。この句碑は、秀吉が朝鮮出兵の際築いた、広壮な名護屋城の一の丸址に今も立っています。先日訪ねましたが、昭和十六年、七十年前の句碑と知って吃驚しました。

行春を近江の人とおしみける　松尾芭蕉

『去来抄』に次のような記述があります。門人が「行く春は行く歳に、近江は丹波に変えられるのでは」と尋ねたところ、去来が「行く春の丹波や行く歳の近江は、行く春の近江に勝らない」と答えると、芭蕉が「去来、汝は風雅を伴に語るべき者だ」と言ったというのです。確かに近江の人は洗練されていたでしょうし、この句の詠まれた辛崎《からさき》の辺りから眺める晩春の琵琶湖は惜しむに足る風情に思えます。俳人の森澄雄さんは、シルクロードを旅した時、この句が思い浮かび、その後数十回近江を訪れ、多くの句を残しました。

辛崎の松は花より朧にて　松尾芭蕉
鳰の海旅のひとりや春闌けし　森　澄雄

地下街の列柱五月来たりけり

奥坂まや

地下街は、多くの石柱で支えられています。中央広場には数十本の柱が整然と林立しています。列柱というとギリシャのパルテノン神殿などを思い浮かべます。地上は五月、初夏の光の中から降りてきて、地下の列柱を見た作者は、五月の空と結びつけて、地中海の明るい空を想ったのかもしれません。地下にも五月が来ていたのです。地下の柱は、ひんやりと若葉の冷たささをを帯びています。

雀らも海かけて飛べ吹流し　石田波郷

　五月が近づくと、山間の温泉地の川などで、両岸に綱を渡して鯉幟を泳がせる催しがこの二十年ほど行われていますが、それ以前は「やねよりたかい」や「甍の波と雲の波」の歌のように、屋根の上に泳ぐ緋鯉真鯉の姿が五月の空に馴染の光景でした。以前、熊本・天草の小さな漁村で、高い棹先で生き生き泳ぐ鯉を見たことがあります。潮風に翻る吹流しと鯉幟。その鯉幟のように、子供たちも海という未来に向かって飛んでいって欲しいものです。掲句の雀たちのようにも。

新樹並びなさい写真撮りますよ

藤後左右《とうごさゆう》

この句を読む人は、異様な光景を想像されるのではないでしょうか。歩き回っている並木や林の樹木に、写真を撮るから整列しろといっているのですから。作者の資料が手元にありませんので、正しいか自信はありませんが、このように理解してはどうでしょうか。季節は春、学校や会社には多くの新人が入ってきます。「新樹」です。「新樹」達に呼びかけているのです。初々しい新樹達の写った写真の背景の新緑にも、爽々と風が吹き渡っています。

五月雨をあつめて早し最上川

松尾芭蕉

芭蕉の「奥の細道」の旅の中で、松島から象潟までは名句と名文が多く、この紀行の山をなしています。掲句はその中のひとつ。当初は「五月雨をあつめて涼し」で、句会の席での亭主への挨拶の句でした。その後、芭蕉は川下りをしたのですが、最上川は日本三急流のひとつで、文中に「水みなぎって舟危うし」とあるように、その乗船した印象から「早し」と改めました。私も二度川下りをし、同じ「早さ」を体験しましたが、周囲の風景もまた、白糸の滝、仙人堂など芭蕉の当時と変わりなく思えました。

かたつむり甲斐も信濃も雨のなか

飯田龍太

作者は山梨の人。その地に根ざした句を多く詠んでいますが、これもそのひとつ。梅雨の頃は、かたつむりが活動を活発にする時期。枝や葉の上を這っているかたつむりを見た作者は、濛々《もうもう》と降りしきる雨の彼方に、甲斐や信濃の山河を見ています。以前紹介した「いきいきと三月生る雲の奥」もそうですが、作者には、はるかなるものへの憧憬があるようです。

田を植ゑるしづかな音に出でにけり　中村草田男

最近は田植えも機械化されて、早乙女や村総出の田植え風景も見られなくなりましたが、時に車で山間を走行していると、機械の入らない小さな棚田などで、降る雨の中、ひとり黙々と田植えをする人を見かけることがあります。見ている者の気持ちからかもしれませんが、雨音以外は聞こえません。日本の原風景という言葉がありますが、人をおいてこそ、その景となるようです。

長梅雨の0が出てゐる電算機

佐野典子

この句には、懐かしい思い出があります。会社の総務課に所属していた頃のことです。係は几帳面な先輩Mさんと残り三人。机の上や引出しの中を乱雑にしていたりすると、Mさんに、「おまえ達は、整理の仕方を知らない」とか、電算機（今の電卓で、その頃は単一の電池を使用する大きなものでした）を点けっぱなしにしたりすると、「電池が減る」とやられたり、ヤサシイ指導を受けました。そこでその敵《かたき》をとろうと、掲句を付け、その経緯を社報に投稿しました。社報の配布日、その文を読んだMさん、私のほうを見てニヤリ。その微笑の素敵だったこと！　正義感が強くまた繊細な方でしたが、先年亡くなられました。Mさんを思い出すたび、その時のほほえみを思い出します。

赤富士に露滂沱《ぼうだ》たる四辺かな

富安風生

先日、富士山がユネスコの世界文化遺産に登録されました。自然遺産に登録されなかった経緯や三保の松原の騒動を考えるとき、世界遺産への登録の真の意義を再考すべきではないかと思います。ともかく、世界の富士になったのですから、環境維持に努め、いつまでも世界の人に誇れる姿であってほしいものです。掲句、赤富士は北斎の「凱風快晴」で知られていますが、夏の早朝見られる現象です。作者は山中湖の朝露の中、四周に鳥のさえずる中、刻々と富士の色が変化してゆく経過を見守っていました。赤富士ではありませんが、私も、本栖湖からうつくしい夕富士をみたことがあります。その富士は葡萄色でした。

子を殴《う》ちしながき一瞬天の蟬

秋元不死男

子供がなにか悪事でも働いたのでしょう、父親はそのことを叱責し、反省を促します。子供は言い訳に終始し、自省する様子が見られません。父親はつい手が出てしまいます。その殴ったことへの反省と子供の将来を危惧する思い、全ての時が止まってしまう瞬間、その静謐の中、蟬の声が辺りを包みます。今、問題になっている体罰を肯定するつもりはありませんが、この父の思いを当事者双方が持つことで、お互いが理解を深め合うことができ、解決の糸口になる気がします。

死ぬときは箸置くやうに草の花

小川軽舟《けいしゅう》

五月、「折々の俳句」の読者の一人Yさんのお嬢さんから、Yさんがご逝去されたとの連絡がありました。あと数日で九十二歳だったそうです。三十年来の知人ですが、身障者のお子さんを持ち、家庭一途の生活を送られました。好々爺という表現のお似合いの方で、一市井人としての静かなご臨終であったろうと想像します。俳句も一家言を持ち、良い話し相手でした。ご冥福をお祈りします。

住吉《すみよし》の松の下《もと》こそ涼しけれ　武藤紀子

結婚披露宴でのお謡い『高砂』を記すと、「高砂や　この浦舟に帆を上げて　月もろともにいでしほの　波のあはぢの島影や　遠くなるをの沖過ぎて　はや住江《すみのえ》に着きにけり」〔繰り返し略〕。高砂の松（媼）に詣でた旅人が、住吉の松（翁）まで舟で訪ねるという内容です。この相生《あいおい》の松「老夫婦」のような末永い幸福を願い詠じられます。住吉神社は、今の大阪市住之江区にあります。作者は、住吉神社の松蔭に佇み、涼風にふかれながら、高砂の松に思いを馳せているのかもしれません。

ねむりても旅の花火の胸にひらく

大野林火《りんか》

花火は江戸時代から夏の風物詩としてさかんに行われています。線香花火などの手花火も楽しく、海岸や河川敷で行われる花火大会も年々盛大になっています。西東三鬼の句「暗く暑く大群集と花火待つ」は、大会の始まりを待つ気持ちをよく伝えています。大会当日、夕方から浴衣を着て団扇を持った子供たちや恋人たちが、会場に向かう姿を見かけることもうれしいものです。掲句は、地方都市の花火でしょうか、ささやかなその日見た花火が、床に就いた作者の胸に、なつかしい記憶として蘇ってきます。

遠花火後れくる音のなきことも　風門

蟻地獄松風を聞くばかりなり

高野素十《すじゅう》

蟻地獄は、夏の夜、灯火などに集まるウスバカゲロウの幼虫で、砂の中に漏斗《じょうご》状の穴を作り、蟻などの小さい昆虫を捕食します。穴はサラサラの砂でできていますので、一度落ち込むと這い上がることができず、昆虫にとってはまさに「地獄」なのです。穴の中の闘争は見るものもなくただ静かに進行します。このちいさな生の営みには音が絶えていいます。森閑とした夏の白昼の命の光景です。

我を遂に癩《らい》の踊りの輪に投ず

平畑静塔《ひらはたせいとう》

癩病は、現在ハンセン病と呼ばれ治療薬も開発され、不治の病ではなくなりましたが、以前は、顔が獅子面になることなどから恐れられ、原因も不明でしたので、感染を防止するため隔離が行われました。隔離施設として光明皇后の悲田院《ひでんいん》などが知られています。作者は、医学博士、岡山の長島愛生園に訪ねたおりの作で、まだ感染が恐れられていた頃のこと。癩病者の盆踊りの輪の中に飛び込み参加する作者に、ヒューマニズムに立脚した強い決意を感じます。

泉の底に一本の匙夏了る

飯島晴子

小中学校の頃の夏休み、野外活動の一環としてキャンプが行われます。初めて自炊をしたり、キャンプファイヤーを囲み合唱したり、慣れないテントの中でまんじりともしない夜を過ごしたり、それぞれ思い出を持っていると思います。私も九重の坊がつるでテントを張り、満天の星や流れ星を見たことをなつかしく思い出します。掲句は、キャンプの後の泉。忘れられた銀色の匙が、キラキラと水底に沈んでいるのです。短い夏の思い出のように。

ゆく水を追う児の声も晩夏かな　風門

金魚売買へずに囲む子に優し　吉屋《よしや》信子

博多の三大行事のひとつ、筥崎宮の放生会は、九月の初旬から一週間行われます。多くのいろいろな露店の中を、そぞろ歩くのは楽しいものです。露店は、以前の植木や生活用品の露店から、お好み焼きなどの軽食の露店に変わりつつあるようですが、最近は、中近東の料理などエスニック料理の露店もあります。変わらないのが、水笛売りや金魚すくいなどで、掲句は、金魚すくいに集まった子供たちへの、香具師《やし》の視線と気配りをやさしく描いています。

蔵王から月山までの鰯雲

無着成恭

合唱曲「蔵王」の終曲は「みちのくの空に聳えて蔵王うるわし」と結ばれています。樹氷で知られる蔵王は、存在感のある大きな山体で、いくつかの頂きを持ち、みちのくの空に聳えています。頂きのひとつ刈田岳にリフトで登りましたが、そこから見たエメラルド・ブルーの火口湖「御釜」の美しかったこと！　登る途中往復切符を強風で飛ばしてしまったのも、数ある旅の失敗のうちのひとつです。

「月光」旅館開けても開けてもドアがある

高柳重信《たかやなぎじゅうしん》

この句を読んだ方には、宮沢賢治の「注文の多い料理店」を思い出す方が多いかもしれません。森で迷った人が不思議なレストランに着き、奥の扉を開くたびに「服を脱いで下さい」「靴を脱いで下さい」……といろいろ指示をされる話。私は、仙台を流れている広瀬川の上流にある、作並温泉の旅館Iを思い出します。大きなホテルで部屋から露天風呂まで、多くの扉を通らねばなりません。夜、ホテルから長い渡り廊下に出ると、両側の窓から明るい月光が射し込んでいました。この句の多くのドアの先には、一体何が待ちかまえているのでしょうか。

岩鼻やこゝにもひとり月の客

向井去来《きょらい》

問題です。ここにある「月の客」は次のどれか考えて見て下さい。

①猿　②他の人　③自分

岩鼻は山などにある岩の突端のことで、どれを選んでもそれぞれ魅力がありますが、芭蕉は『去来抄』で、「『ここにもひとり月の客としての自分がいますよ』と自ら月に対して名乗り出た形の方がどれほどか風流な句になろう」と③としています。確かに①は詩画にありそうですし、②は平凡かもしれません、③は①②をも包含し、おかしみと孤独の風狂の世界に遊んでいます。

淋しさにまた銅鑼《どら》打つや鹿火屋守《かびやもり》

原　石鼎

鹿といえば、百人一首の猿丸太夫の歌、「奥山に紅葉踏みわけなく鹿の声聞く時ぞ秋は悲しき」を思い出します。現在では奈良公園や厳島神社で多く見られるくらいで、身近にはあまり見られなくなりましたが、昔は、あちこちに鹿垣《ししがき》が残っているように作物を荒らす害獣で、歌にあるような様子だけではありませんでした。鹿火屋は、畑を猪や鹿から守るために、動物の嫌う臭気を出すものを燃やしたり、音を立てて追い払う小屋です。小屋の番人が夜の寂しさに耐え切れず、幾度も銅鑼を鳴らしたというのです。吉野山での作。

噴火口近くて霧が霧雨が

藤後左右

中学生の頃、熊本市におりましたので、遠足などでよく阿蘇に参りました。阿蘇山は太古九千メートルあったと推定され、噴火後のカルデラに新たな中央火口丘が生じた複式火山です。中岳がその中心で、現在も活発な活動を見ることができます。秋、その中岳の火口付近に立つと、噴煙とも霧ともつかぬ煙霧に取り巻かれます。いつ噴火するかも知れぬ地鳴りの中での、曖昧模糊とした不安。

火より火を奪ひ烈しく秋刀魚もゆ

天野莫秋子《あまのばくしゅうし》

秋の味覚といえば、多くの果実などとともに、秋刀魚を思う人も多いかもしれません。佐藤春夫の「秋刀魚の歌」の「あはれ　秋風よ　情《こころ》あらば伝へてよ」を引用するまでもなく、風の運ぶ煙と匂いは日本の秋の典型でもあります。秋刀魚からしたたった脂にボッと火が引火し、秋刀魚を焦がします。その激しく燃える様子を「火より火を奪い」と表現しました。レモンや酢橘そして大根おろしを添えた秋刀魚は、皿の上の秋景色です。

柿主や梢はちかきあらし山

向井去来

京都・嵯峨野にある落柿舎《らくししゃ》は芭蕉の門人・去来の別荘で、その名の由来が『落柿舎記』に記されています。その頃、柿の木が四十本ほどあり、ある秋、実がたわわに実り、都から来た商人が翌日の収穫を約して帰りました。その夜、「ころころと屋根をはしる音、ひしひしと庭につぶるる声、よすがら落ちもやまず」と、一夜のうちに落ちつくしてしまったのです。句意は、「私は柿主をしている。柿が落ちてしまったのは、きっと此処が嵐の名をもつあらし山に近いからだ。」というのでしょう。芭蕉も度々訪れ『嵯峨日記』を残しています。

門番の無口もよけれ落霜紅《うめもどき》　風門

桐一葉日当りながら落ちにけり

高浜虚子

中国の古典『淮南子《えなんじ》』に「一葉落知天下秋」（一葉落ちて天下の秋を知る）とあり、「一葉」は、落葉であれば何でもいいようですが、俳句では「桐」の葉としています。山本健吉は『現代俳句』で「広い大きな桐の葉が、枝を離れてゆったりと落ちてくる過程を、高速度写真で映し取りながら、……とらえる。」と書いています。季節はゆっくりと秋から冬へと向かっていくのです。

初冬の竹緑なり詩仙堂

内藤鳴雪《めいせつ》

京都、東山に沿って比叡山方面に北上すると、宮本武蔵が吉岡一門と決闘して著名な一乗寺下り松があります。付近には与謝蕪村の墓所金福寺もありますので、詩仙堂は二三度訪ねたことがあります。江戸時代の文人石川丈山の隠棲所で、枯山水の三段の庭園の四季を通しての美しさで知られています。下の段には竹林があり、冬の初め、今年生えた竹の緑が鮮やかだというのです。人もまばらな庭内を散策していると、鹿威《ししおど》しの音が静かさを深めて響きます。

新宿ははるかなる墓碑鳥渡る

福永耕二

（SF）二〇××年十一月、村から離れた山の櫟《くぬぎ》林で炭焼作業をしている。二十年以上前に世界の石油が枯渇し、暖を取るには炭が一番なのだ。都下に住んでいたが、住居の周囲の樹木はたちまち伐採され、この北関東の村に移住してきたのだ。運送手段は途絶え、地震が起こるたびに道路は寸断され、回復の方法さえ見出せない。都民は百五十万を切ったという。食料を求め、郷里に帰ったり、ツテを求めて地方に四散したのだ。食料自給率の低さが追い討ちを掛け、地方も飢餓状態だ。農の軽視のツケが回ってきたのだ。この山からの新宿の廃墟ビル群は、墓地のようだ。その先の折鶴の嘴《くちばし》はスカイツリーだ。腹が減った、帰ろう。だが今日の飯は何だ。ああ、鳥たちが昔と変わらず渡っていく。

おく霜を照る日しづかに忘れけり

飯田蛇笏

「折々……」でも蛇笏は「くろがねの」「をりとりて」「芋の露」など何度か取上げましたが、今、掲句が気になっています。初冬の早暁、地上に白く降り敷いた霜、太陽が上ってゆく中、霜はしずかに消えていきます。太陽は霜の存在を知ってはいましたが、いつしか忘れてしまったと言うのです。そして、自分の熱で霜を溶かしてしまう太陽のせつなさ。恒久な太陽と刹那の霜は何の象徴でしょう。蛇笏はどのような想いでこの句を成したのでしょうか。

雪の日の浴身一指一趾愛し

橋本多佳子

入浴時間というのは人それぞれでしょうが、一般的に女性の方が長いのではないでしょうか。その判断は、私自身が「からすの行水」の所為でもあるのですが。嬰児を育むための、自ずからの自衛のためであるかもしれません。掲句の作者も、寒い雪の日の入浴に、ゆったりと時間をかけているようです。この自愛の時間は、降り続く白い雪が齎《もたら》した、天の恵みとも思えます。

さびしさは木をつむあそびつもる雪

久保田万太郎

この句は何度か改作されています。
初案　淋しさはつみ木あそびにつもる雪
再案　淋しさはつみ木のあそびつもる雪
見てお分かりのように中七だけの修正です。「木をつむ」とすることにより、リズムが生まれ、微妙ですが中七の停滞が払拭されているようです。この句には「長男耕一、明けて四つなり」との前書が付いています。四つと言えば物心がつく頃、雪がしずかに降っている日、子供はひとりでコツコツと積み木遊びをしています。それを見守っている父親。父子の通い合わない関係が句に表れています。ただ「積」「淋」の漢字の硬さを避けたことと、「き」「つ」の軽い韻が救っています。雪は、やわらかに積むぼたん雪ではないでしょうか。

雪嶺《せつれい》のひとたび暮れて顕はるる

森　澄雄

奥飛驒は、天領高山と上高地の中間にあり、車移動の私には、便がよく、多くの温泉もあるので、何度か宿泊したことがあります。中でも、新穂高の露天風呂は沢水がゾウゾウと流れ、晴れた夜には満天の星を見ることができます。掲句も、峻嶺に囲繞された山峡の真冬の景。雪の峰々の残照も沈んだ後、山峡は黒々とした闇に包まれます。すっかり夜も更けた後、星明りの下、雪嶺たちが神々しく、再び立ち顕われてきたというのです。何と荘厳な天と地の交響。

忘年や身ほとりのものすべて塵

桂《かつら》　信子

年末になり忘年会に参加されることと思います。「年忘れ」は、その年の苦労を忘れることであるとともに、「忘年の友」という言葉もあるように、年齢を忘れることでもあるようです。ある年齢に達すると時間の経過が早くなり、物への執着が希薄になるようです。大晦日の夜、座っている身辺の物が全て遠いものに思えるようになれば、ひとつの境地に達した証左かもしれません。

初暦知らぬ月日は美しく

吉屋信子

暦と言えば、最近は多くの家は、一年を一枚に印刷したものや、各月一枚で予定が書き込めるようになったものが主流になったようで、年末、書店などに行くと、様々の絵柄のカレンダーを販売しています。けれども、幼い頃、暦といえば一日一枚、その日の干支・月齢・当日の吉凶を記したもので、近所の酒屋や米穀店から年末に配られました。前年の十二月三十一日の一枚になった古暦を、新年の暦に変えると、新しい日数の重なりが希望の重なりのように感ぜられます。

寒晴《かんばれ》やあはれ舞妓の背の高き　飯島晴子

京都には、祇園・先斗町や北野上七軒などの花街が残り、中でも吉井勇の歌、

かにかくに祇園は恋し寐るときも枕の下を水のながるる

で知られる祇園を、舞妓がだらりの帯で歩む姿は、「はんなり」という京言葉にある過ぎし日の風情をよく伝えています。舞妓はもともと芸妓見習いの少女をいいますが、現在は十八歳以上で、作者の見た舞妓は、以前のイメージと異なる背丈だったのでしょう。「寒晴」という季語がその違和感をやさしく表しています。

倒・裂・破・崩・礫の街寒雀

友岡子郷

　印象に残っている自然災害といえば、人それぞれで異なるのでしょうが、私の場合は、幼い頃の種子島での台風、登山二週間後に起こった普賢岳の噴火、福岡西方沖地震、そして三陸大津波ですが、掲句の作者の体験した平成七年（一九九五）一月十七日の未明の淡路・阪神大震災も、都市型の災害として都市高速が崩落した写真など記憶に残っています。作者は、自らの家屋が壊れる中、街の状況を五つの漢字で表現しました。それぞれの文字がその悲惨さを伝えてきます。寒雀が慌しく飛び交う中に茫然と佇む作者を、厳しい「寒さ」が襲います。

みちのくの雪深ければ雪女郎

山口青邨

雪女は、東北や北陸の伝説上の化生の者ですが、柳田国男の『遠野物語』や小泉八雲の『怪談』でも知られています。言い伝えは様々ですが、『宗祇諸国物語』の「せいの高さ壱丈もやあらん、肌すきとほるばかり白きに、しろきひとへの物を着たり。……年のほどをうかゞへば、二十歳にたらじと見ゆるに、……名をとはんとちかづき寄れば、……姿は消えてなく成りぬ。」に代表されるでしょう。雪深い地方の吹雪を象徴した妖怪で、外で遊ぶ子供たちへ、早い帰宅を促すために、炉話で語られたのかもしれません。

玉の緒のがくりと絶ゆる傀儡《くぐつ》かな

西島麦南《ばくなん》

傀儡は、中世から行われた芸能のひとつで、江戸時代は、門付け芸となり、新年、首に人形箱をかけて家々を巡り、人形を操り銭を乞いました。その一部は、人形浄瑠璃へと継承されていきます。人形浄瑠璃やマリオネットなど、操作によっていきいきと動いていた人形は、所作を止めたり、糸が切れることにより、がくりとうなだれ、まるで命が失われたようだというのです。それを見ている私達も、その一瞬に人生のはかなさを感得するのです。

鳥共も寝入《ねいつ》てゐるか余吾《よご》の海

斎部路通《いんべろつう》

路通は、出生はわかっていませんが、乞食僧として、行脚を重ねていた折、芭蕉の弟子となり、奥の細道の際には、敦賀から大垣まで随行しました。余呉湖は、琵琶湖の北東の山影にある静かな小湖。冬、あたりの民家も寝静まった頃、先程までざわついていた浮寝の水鳥たちも寝静まり、湖を冬の夜の寂寥が包み込みます。寒さが孤独感となって作者に押し寄せてきます。

何もかも知つてをるなり竈猫《かまどねこ》

富安風生

唱歌「雪」に「いぬはよろこびにわかけまわり、ねこはこたつでまるくなる」とありますが、現在は、生活環境の変化で、犬も屋内で飼われるようになりました。一方、猫は、以前と変わらぬ習慣を守り、夏は冷房、冬は暖房と自分の居場所を心得ているようです。掲句、竈にうずくまった猫はまるで哲学者のように、あの目で近づくものを睥睨《へいげい》するかのようです。私は猫を飼ったことがなく、見透かされているようで苦手なのですが、皆さんはいかがでしょうか。

しら梅に明くる夜ばかりとなりにけり　与謝蕪村

蕪村は、芭蕉、一茶と並び称される江戸俳諧中興の俳人で、また画家としても知られています。二十歳の頃、江戸・関東を遊歴、後の半生は、京都に居を構え、妻娘と過ごしました。そのため、句は、画家としての写生句はもちろん、市井のものや、歴史を題材としたものを画家の目で捉えた人事句に特徴があるようです。掲句は、辞世三句のうちのひとつです。蕪村の忌日は旧暦十二月二十五日、現在の一月末にあたります。春が近くなって夜がしらじらと明けるのも、白梅のその輝きによるのだというのです。そのように捉えるのは画家の目の働きによるものでしょう。前書が「初春」となっています。新しい春までとの希望があったのでしょうが、それはかないませんでした。

白梅や墨芳しき鴻臚館　蕪村

まゝ事の飯もおさいも土筆かな

星野立子

早春になると、吉丸一昌作詞・中田章作曲の唱歌「早春賦」の「春は名のみの　風の寒さや……」が口を衝《つ》きますが、吉丸がドイツ民謡に詩をつけた「故郷を離るる歌」もよく知られています。二番の歌詞に「つくし摘みし岡辺よ　社の森よ　小鮒釣りし小川よ　柳の土手よ」とありますが、私も幼い頃、日当たりのよい岡辺や川の堤で土筆を摘みましたが、母が土筆のハカマをとり、卵とじにしてくれました。私の「母の味」です。吉丸は大分県臼杵市の出身、臼杵市に記念館があり、訪ねたことがあります。

貝の名に鳥やさくらや光悦忌

上田五千石《ごせんごく》

本阿弥光悦は、江戸時代初期の芸術家で書・製陶・蒔絵・茶道に精通していました。徳川家康から京都洛北鷹ヶ峰の地を与えられ、芸術村を形成、琳派のもとを開きました。掲句、光悦の「舟橋蒔絵硯箱」を想起したのでしょう。蒔絵の螺鈿《らでん》には貝殻が用いられます。貝の名前の鳥貝や桜貝を想ったのです。早春の光悦の忌日には貝の内側の真珠光が似つかわしく、その綺羅が想われます。

雀の子一尺とんでひとつとや

長谷川双魚《そうぎょ》

私の勉強部屋兼書庫の前はベランダで、セメントの手摺の上に一握りの米を置いて、雀を観察したことがあります。当初は一、二羽ですが、そのうちに二十羽ぐらいやってくるようになりました。雀にも性格があるようで臆病な雀、大胆な雀、痩せた雀、太った雀、春は孵化の季節で親子と思える雀もいます。この「とんで」は「飛んで」で、物音を立てたりすると羽ばたいて逃げるのですが、その仕草を幼子が数え歌で遊んでいる様子に重ねたのです。あまりに集まってくると鳥や猫の黒い影が忍び寄ってきます。犠牲雀が出て、今は、観察中止中です。

双子なら同じ死顔桃の花

照井《てるい》 翠《みどり》

三月十一日で、東北大震災から三年になります。復興は進んでいません。作者の照井翠さんは岩手県釜石市の高校の先生で、掲句を含む句集『龍宮』は、震災を自ら体験した悲憤《ひふん》が横溢《おういつ》した句集で、昨年の句集の中でも、深い感銘を与えた一冊です。掲句、女の子であることを想像させます。一人の女の子の顔が、この悲しい想像を生みました。何と悲痛な想像でしょう。せめて、この二人が安らかな穏やかな顔であって欲しいと思います。桃の花は供華です。

三・一一神はゐないかとても小さい　　翠
毛布被り孤島となりて泣きにけり

葛飾や桃の籬《まがき》も水田べり

水原秋櫻子

大正期、ひとつの主題のもとに連作構成することが行われました。その中から、篠原鳳作「海の旅」や日野草城「ミヤコホテル」など記憶に残る俳句も生み出されました。連作はイメージの深化には効果がありますが、一句の独立性が失われることから作られなくなっています。その流れの中で、秋桜子は句集『葛飾』を発表、葛飾の春を叙情的に謳い上げています。その中からの三句です。

梨咲くと葛飾の野はとの曇り　　秋櫻子
連翹や真間の里びと垣を結はず

春や昔十五万石の城下かな

正岡子規

松山市は、岡の上に築かれた松山城下に開けた町で、道後温泉でも知られています。道後温泉本館は、木造数層の昔のスーパー銭湯で多くの人が訪れています。また松山は、子規をはじめ、虚子、碧梧桐、草田男、波郷など多くの俳人を輩出していますので、「俳句の町」でもあります。現在では、夏休みに「俳句甲子園」が行われ、高校生達が競う新しい俳句の発信地となっています。

花あれば西行の日とおもふべし

角川源義《げんよし》

昨秋、奈良を友人と訪ねましたが、その途次、大阪府南河内の歌人西行の終焉の地、弘川寺に立寄りました。墳《つか》は、寺の裏山に弟子の墳と向かい合わせに、落ち葉の中に静まっていました。西行の忌日は旧暦二月十六日、その歌、

願はくは花のもとにて春死なむそのきさらぎの望月の頃

のとおりの往生でした。墳のある山には千五百本の桜の周遊路も整備されています。作者は角川書店の設立者。自ら俳誌『河』を創刊しました。春、桜があちこちに開く、この季節はかの歌を詠んだ西行が逝去した季節だというのです。

「願はくは…」の歌碑（大阪府河南町）

阿武隈のむかうの春へ川渡る

道山昭爾《みちやましょうじ》

昨年夏三陸を訪ねた際、福島県須賀川市にも寄りました。須賀川は牡丹でも知られていますが、芭蕉が『奥の細道』の旅で五日ほど逗留しており、芭蕉記念館もあり、俳句の盛んなところです。記念館を訪ねた時、資料を調べておられた地元の俳誌『桔槹*』のSさんに、掲句を教えていただきました。遅い東北の春、阿武隈川にも春が訪れます。春を見付けに向う岸に渡ったというのです。蝶の渡っていく姿も想起されます。須賀川も震災の被害を受け、まだその爪痕が残っているそうです。本当の春は、未来という向う岸にあるのかもしれません。

*桔槹「きっこう」と読みます。昔、井戸の水汲みに用いた「はねつるべ」のこと。

白牡丹といふといへども紅《こう》ほのか　　高浜虚子

牡丹は「立てば芍薬座れば牡丹……」と美人の姿に形容され、「花の王」とも呼ばれます。白・紅・紫など西洋種も含め多くの種類があります。先日福岡城址の園で鑑賞しましたが、白牡丹の芯が紅で、その紅が白色の花びらの中心寄りにうすく散っている牡丹があり、やっとこの句の姿を感得しました。

牡丹散《ちっ》て打重《うちかさな》りぬ二三片　　与謝蕪村

風車《かざぐるま》ひとつのこらずまはりけり　倉田素商《そしょう》

「風車」と書くと、現在では、あの山上の風力発電用の「ふうしゃ」を想う人もあるかもしれません。「かざぐるま」は、幼い頃皆さんも作られたのではないでしょうか。掲句のように、縁日などで赤や青など何十本という色とりどりの風車が一斉に回っているのを見るのは、幼年時代を思い出し心弾むものです。

止まることばかり考へ風車　後藤比奈夫

プラタナス夜もみどりなる夏は来ぬ　　石田波郷

並木道が好きです。並木道と言ってもいろいろあります。春の桜並木、東海道などの松並木、九州では、楠の参道なども身近なものです。秋の銀杏並木の黄落の姿も思い浮かびます。最近では落葉した木々にイルミネーションが点滅するのも、並木の姿のひとつになっています。掲句は都会の景、鈴懸の新緑の大きな葉に、街灯や通りの店々の灯が映えています。どこまでも続く並木道を、爽々と五月の風が吹き渡ってゆきます。初夏の夜のそぞろ歩きのここちよさ。

大学も葵祭のきのふけふ

田中裕明《ひろあき》

賀茂祭は、葵祭とも呼ばれ、五月十五日早朝京都御所を勅使以下が出発、賀茂御祖《みおや》神社（下鴨神社）及び賀茂別雷《わけいかずち》神社（上鴨神社）両社で祭典などを行い、午後御所に帰る祭礼です。行列には平安時代の装束を着けた者が参加し、当時の祭儀のおもかげや宮廷風俗が再現されます。葵祭と呼ばれるのは、葵を挿頭花《かざし》に用いたり、家々の軒にかける習わしがあるからです。作者は、京都大学出身、祭には学生達も多く参加するそうで、閑散とした構内を描いています。なんとなく構内にも平安時代の雅な空気が漂っているようです。私より年少で、おおらかな句風で期待されていましたが、二〇〇四年に四十五歳で亡くなったのは、残念なことでした。

たはぶれに美僧をつれて雪解野は　　田中裕明

紫は水に映らず花菖蒲

高浜年尾《としお》

江戸期の俳人加舎白雄《かやしらお》の著名な句に「菖蒲湯や菖蒲寄り来る乳《ち》のあたり」がありますが、その頃、菖蒲は「あやめ草」とも呼ばれ、花の咲く花あやめや掲句の花菖蒲とは区別されていました。ちなみに花あやめと花菖蒲は、その花の網目の有無で区別されます。六月の初旬には、花菖蒲見物にゆきますが、太宰府の菖蒲池の中にこの句碑が立っています。花菖蒲のいろいろな色の影が水面に映っているのを見るのは、初夏の楽しみでもあります。

緑蔭をよろこびの影すぎしのみ

飯田龍太

この句は作者の解説によると、ある亡くなった俳人の句集の出版記念会出席のため、北海道に渡った折の作品とのことです。北大構内の散策の折、観光客や学生運動のマイクなどの喧騒を離れ、楡の木の陰に入ると、新婚者の物であろうハンカチが落ちていたと書いた後で、「以上のような風景とは別の感慨があった」と書いています。この「別の感慨」とは何でしょう。故人への思いかも知れませんが、緑蔭が与える他から隔絶された思いを、「よろこびの影」と表現したのではと思います。緑蔭の中の安息と寂寥と。

六月の氷菓一盞の別れかな　中村草田男

この句は、作者の学生時代の恋人との別れの際のものです。そのことを知るまでは、友人同士や親子、また師弟などいろいろ想像しましたが、やはり恋人同士の別れが合うようです。氷菓はアイスクリーム、夏休みの前のある喫茶室。テーブルの上の半ば溶けたアイスクリーム、沈黙が二人の世界を包んでいます。この静けさは六月という季節がもたらしたものです。青春の淡い思い出。

世の人の見付ぬ花や軒の栗

松尾芭蕉

『奥の細道』には、「夏草や兵どもが夢の跡」や「荒海や佐渡に横たふ天の河」などよく知られた句がありますが、この句の佇《たたず》まいも捨てがたいものがあります。芭蕉は奥州の旅の途上、今の福島県須賀川で隠棲した僧可伸《かしん》を訪ねます。この句の詞書は、「栗といふ文字は西の木と書きて、西方浄土に便ありと、行基菩薩の一生杖にも柱にも此木を用給ふとかや」とあり、栗の木から行基へ思いを馳せ、栗の花のひっそりした様子に心を重ねて、可伸への共感を示したのです。この時期、山に行くとむせ返るような栗の花の匂いに包まれます。先日ある峠道で花を見、香を嗅ぎ、この句を思っていました。

まゆはきを俤《おもかげ》にして紅粉《べに》の花

松尾芭蕉

『奥の細道』の旅で平泉を訪ねた芭蕉は、山刀伐《なたぎり》峠を越え、山形領に入ります。山形領尾去沢には、親交のある鈴木清風という紅花問屋の豪商の俳人がいました。紅花は、黄赤色の花を咲き始めに摘んで主に染料や化粧に用いられ、最上川水運を利用して江戸、関西へ運ばれました。化粧に用いることから、眉からおしろいを落とすまゆはきを連想し、清風への挨拶の句としたのです。

月の出や印南野《いなみの》に苗余るらし

永田耕衣《こうい》

梅雨に入る頃、少し郊外に出ますと野面一面に水が張ってあり、順次田植が行われ、水田は美しい早苗の緑が吹く風に揺れる、植田・青田の景となります。いつまでも大切にしたい風景です。印南野は、兵庫県加古川市から明石市にかけての台地で穀倉地帯、余り苗は、予備の苗ですが、田の隅の三十センチ角ほどのスペースに苗が植えてあるのを見るのは、まだ緑の足りない頃の田には美しいものです。その余り苗の浮かんでいる田に夕月が上って来ます。初夏の夕べ、美しい静謐の時間が田の上に、月とともにゆったりと浮かんでいます。

火口湖は日のぽつねんとみづすまし

富澤赤黄男《かきお》

歳時記を引くと、「みずすまし」は「まいまい」と「あめんぼ」の両方の傍題として載っています。読者の皆さんはどちらを想像されるでしょうか。「まいまい」は、西瓜の種ぐらいの甲虫が水面をくるくる回る姿が、「あめんぼ」は、細い六本の脚の表面張力で水の上に浮き滑走する姿が想像できます。関西で「あめんぼ」を「みずすまし」呼ぶことから混乱が生じているようです。掲句は「まいまい」。以前、霧島を縦走したことがありますが、遠くに桜島、足下には大浪池が見え、太陽が湖面を「まいまい」のように回っているように感じられました。

夏草に汽罐車の車輪来て止る

山口誓子

昭和の初めに、俳誌『ホトトギス』で活躍した四Sと呼ばれる俳人たちがいます。この山口誓子及び水原秋桜子・高野素十・阿波野青畝の四人です。この誓子は、虚子が「辺境に鉾を進むる概がある」と評したように、新しい素材や技法を取り入れ現代俳句の牽引役を果たしました。掲句は「大阪駅構内」と題する連作の中の一句ですが、「機罐車」ではなく「機罐車の車輪」とズームアップすることにより、鉄サビや油の臭いが強くなり、夏草のいきれも増幅されました。

夏の河赤き鉄鎖のはし浸る　　誓子

七夕竹惜命の文字隠れなし

石田波郷

先日、所用で上京したのですが、余った時間を利用して、芭蕉が若い頃住んだ関口芭蕉庵や芭蕉記念館を訪ね、数基の句碑も見てきました。記念館の近くには深川江戸資料館があり、建物の内部には二百年ばかり以前の船宿や商家・長屋などの家屋などが再現してあり、思わぬ収穫でした。ちょうど七夕飾が屋根より高く、往時のように立てられ広重の絵をみるようでした。波郷は私の師今村俊三の師で、半生を結核に苦しめられました。七夕の飾の病気平癒を願う文字が、他の言葉よりも自分には切実に目に付いたというのです。

朝顔に釣瓶とられてもらひ水

千代女

千代女は、加賀国金沢の近く松任《まつとう》の表具店に生まれました。父が表装に使う詩画に影響を受けたのでしょうか、七歳の頃から俳諧の才を示し、十七歳で会った、芭蕉の弟子の各務支考も名人と書いています。朝起きて、井戸に行くと釣瓶に巻きついており、切ってしまうのも忍びないので、隣家からもらい水をしたというのです。現在のように、水道などのライフラインの発達していなかった頃のこと。その心根の何とやさしいことでしょう。

生涯にまはり燈籠の句一つ

高野素十

まわり燈籠は、走馬灯とも呼ばれ、うすい紙や絹を張った箱型の燈籠の内側に馬や鳥や人を描いた円筒を付け、中央にろうそくを立て、その上に風車を付けます。火をつけると円筒が回り、外側の紙に、あたかも馬や人が走っているように見えるのです。それはまるで、頭の中の記憶が影となって回っているようです。この「句一つ」を残したのは、四十三歳で亡くなった縁者で、句は「軍艦も人も急げり走馬灯」でした。走馬灯を見ながらその人を思っているのです。

銀行員等朝より螢光す烏賊のごとく

金子兜太《とうた》

若い頃、佐賀県の呼子までサイクリングに行きました。その時食べた烏賊の透きとおった刺身や天ぷらが美味で、その後、親戚や友人が来福すると食事に連れて行ったものです。烏賊漁は、夏から秋にかけて光に集まる性向を利用して、集魚灯を煌々と点灯し行われます。沖の烏賊火を見るのは季節の風物詩です。作者は、日本銀行員でしたが、窓の狭い銀行では始業時から、蛍光灯を点し執務します。それが夜光る烏賊のようだというのです。蛍光灯の中の銀行員自体が、軟体動物の烏賊にでもなったような気がしてきます。

西日中電車のどこか摑みて居り

石田波郷

福岡市内にも以前は路面電車が走っていて、学生の頃よく利用しました。先日、東京に行った際、早稲田付近で乗ってみましたが、あの狭軌道独特の揺れは楽しくもありました。波郷が乗ったのもあの電車であったかもしれません。仕事からの帰りでしょう、まだ西日が電車の中に差し込んでいます。立ったまま物思いにふけっていると、電車の横揺れ。ふと吾に返る瞬間の心の揺曳《ようえい》。

秋分の日の電車にて床にさす光もともに運ばれて行く

佐藤佐太郎

人それぞれ書を読んでゐる良夜かな

山口青邨

良夜というのは普通、十五夜のことですが、十三夜など月が晴朗に照る明るい夜のことと理解してもよいでしょう。青邨は、工学博士でしたので、専門書に眼を通していたのでしょう、気付くと家人も各々本を開いていたというのです。眼を外に向けると、月の光が皓々と庭を照らしています。青邨は、この庭に「雑草園」と名付けました。この庭は、旧居とともに、岩手県北上市の詩歌文学館に併設されています。句はまだテレビのない夜が静かだった頃のこと。

つきぬけて天上の紺曼珠沙華

山口誓子

彼岸花は不思議な花です。秋の彼岸の前後一週間、約束したように咲き散ってしまいます。墓地の近くによく見られるので、死人花とか幽霊花とか呼ばれ、歓迎されない向きもありますが、棚田などの畦を彩る景観は素晴らしく、毎年この期日を守る実直な花に会いに野に出ます。秋晴れの空の下、稲も実り、その黄金色とのコントラストは美しく、秋の彼岸の供華のようでもあります。

曼珠沙華抱くほどとれど母恋し　中村汀女

あなたなる夜雨の葛のあなたかな

芝　不器男

この句には、「仙台につく、みちはるかなる伊予の我が家をおもへば」の前書がついています。四国から、東北大学へ行った時の句です。高浜虚子の鑑賞が知られていますので略記します。「……白川の関近くで見た光景か……、たゞ葛の生ひ茂つて居る上に夜雨の降つて居る光景がいかにも物さびしかつたことと想像せられる。始めにあなたなると置き又終りにあなたかなと置いた大胆なる叙法が成功している……」。大正十五年、上野駅を二十三時に出た夜汽車でのこと、二十三歳の若者は、夜の車窓を過ぎていく葛を見ながら、遠い故郷・愛媛県松野町松丸へ、思いを馳せていたのです。

案山子翁あち見こち見や芋嵐

阿波野青畝

童謡「山田の中の一本足のかかし……」や、さだまさしの歌では「かかし」と歌われていますが、多くの地方では「かがし」と濁音でいわれます。以前は、稔り田に寄って来る鳥獣を追い払うため、ぼろきれや魚の頭などを焼き、悪臭を「かがし」たからです。掲句、風が来るたびにあっちを向いたり、こっちを見たり、ユーモラスな案山子ですが、老いて右往左往する姿はまたあわれにも見えます。

倒れたる案山子の顔の上に天　西東三鬼

金剛の露ひとつぶや石の上

川端茅舎《ぼうしゃ》

川端茅舎は、はじめ岸田劉生に師事して洋画家を目指しましたが、劉生が他界、そして自らも脊椎カリエスに罹り、画業を断念、後、高浜虚子に「花鳥諷詠真骨頂漢」と評されるほど俳句に励みました。また病気の影響もあるのでしょう、「茅舎浄土」と呼ばれる、求道的で透徹した句の世界を作り出しました。掲句、石の上に結んだはかない一粒の露ですが、その露に、ダイヤモンドの硬さと輝きを見出しています。己の命と対峙しているかのようです。

わが行けばうしろ閉ぢゆく薄原

正木ゆう子

　十数年前の夏休み、久住山に登りました。下山の際、多くの小学生と挨拶しましたが、その中に大分県の小学校がありました。翌々日、テレビを見ていますとその学校の子一人が行方不明になっているとのこと、矢も盾もたまらず久住に直行しました。幸い私が到着した頃発見されました。分岐点で道を間違えたのです。草原をゆくと生い茂った草が通って来た道をすぐに塞いでしまいます。この退路を絶たれる不安は、人生の分岐点での想いにも似ています。

今生のいまが倖せ衣被《きぬかつぎ》

鈴木真砂女

先年、真砂女の郷里鴨川を訪ねました。鴨川は千葉県房総半島の太平洋岸、彼女の生家の旅館（現在ホテル）の記念室を訪ねたのです。館の裏が太平洋で、

あるときは船より高き卯波かな

と彼女の句にあるように、幾重もの波濤が寄せていました。その後家を捨て、銀座に小料理屋「卯波」を開きました。彼女の句には、この鴨川の句、恋愛など人生を回顧した句、そして、掲句のように女将としての句があります。衣被は里芋を皮のまま茹でたもの。温かな衣被が今までの人生を肯定しています。

秋刀魚焼いて泣きごとなどは吐くまじよ　　鈴木真砂女

諸畑にただ秋風と潮騒と

山本健吉

この句は、長崎県島原半島で詠まれたもので、「原城址」と前書がついており、同時に作られた〈幸なるかなくるすがしたの赤のまま〉他一句と共に、城址に碑となり建てられています。「くるす」でわかるように、キリシタン禁制及び寛永の飢饉により起こった一揆の最後の攻防の場所ですが、現今は有明海に臨む諸畑で、その悲劇の跡も無く、秋風と潮騒の音が聞こえるというのです。

蟷螂の眼の中までも枯れ尽す

山口誓子

先日、友人達と糸島半島にある可也山（地元ではその形から小富士と呼ばれています）に登って来ました。頂上で昼食を摂っていますと、近くの伏した草の上をかまきりが這っていました。うすみどりと枯れ色の縞模様で、季節のうつろいを感じました。秋が深まるにつれ、あの獰猛の印象のある蟷螂さえ枯れていくことに、生者必滅のあわれさを思ったのです。掲句の蟷螂は眼の中までも周囲の草木の色を映し、蕭条たる枯野の景となっているというのです。

蟷螂の己れ枯れゆく身を惜しむ　風門

からまつ散る縷々ささやかれゐるごとし　野沢節子

松といえば、九州では主に枝を横に張る黒松や赤い幹の赤松で、落葉松はあまり見ることができません。ですから北原白秋の「落葉松」を読んだ時もイメージが湧きませんでした。長野県の安曇野山岳美術館を訪ねた折、車で地図を見ていますと、チ、チと屋根に音がします。それは三センチばかりの鍼状の落葉松の葉の散る音でした。その音はいつまでもいつまでも続くように思われ、白秋の詩をやっと感得できたように思いました。

うづくまる薬の下《もと》の寒さ哉

内藤丈草

芭蕉の忌日は、陰暦十月十二日で、陽暦では十一月にあたり、時雨忌とよばれています。故郷の伊賀から大阪に来ていた芭蕉は体調を崩し、御堂筋の花屋仁左衛門の貸座敷で病床に就きます。八日に辞世とされる、

旅に病んで夢は枯野をかけ廻る

を詠みますが、十一日には伺候《しこう》している者達が夜伽《よとぎ》の句を作ります。芭蕉は掲句を「丈草でかしたり」と賞揚《しょうよう》しました。「薬」は薬罐のことで、火鉢で薬草を煎じて滾《たぎ》っている湯の音だけが、部屋の中に聞こえているのです。

しかられて次の間へ出る寒さ哉　　各務支考

とぢし眼のうらにも山のねむりけり

木下夕爾

中国、北宋の郭熙《かくき》という画家の『臥遊録』という本に「春山淡冶として笑ふが如し、夏山蒼翠として滴るが如し、秋山明浄にして粧ふが如し、冬山惨淡として眠るが如し」と山の四季の姿を表現しており、各々季節の言葉として「山笑ふ」「山滴る」「山粧ふ」「山眠る」として用いられています。作者は、広島の人ですので、冬の中国山地のなだらかな山なみを見ていたでしょう。夜、床に就いた瞼の裏にもその景が浮かんだのです。先日、近くの山に登り、杉林の中にしばらく座っていましたが、鳥の声が少し聞こえるくらいで、「眠る山」でした。

足袋つぐやノラともならず教師妻

杉田久女

ノラは、ノルウェーの劇作家イプセンの戯曲「人形の家」の主人公で、ある事件がきっかけで自我に目覚め、それまでの自分は夫や子供に仕える「人形」にすぎなかったと家を出る話です。句意は、私の夫は中学の美術教師だが、家を出ることもなく足袋を繕っていると貞淑な内容ですが、句の裏に不満がにじんでいます。それまでの家庭婦人とは違った外向的な女性だったようで、師の高浜虚子に菊枕を贈ったりして、破門されたりもしています。後生は、精神を病み不遇でしたが、多くの佳句を残し、高く評価されています。

鮟鱇《あんこう》の骨まで凍ててぶちきらる

加藤楸邨《しゅうそん》

「魅力のある都道府県」というアンケートで、茨城県は最下位なのですが、水戸の偕楽園や筑波山、納豆などがすぐ浮かびます。冬季に知られているのが鮟鱇です。鮟鱇の七つ道具といって体のすべてが食され、鮟鱇鍋、鮟肝がよく知られています。体が柔らかいため、吊るし切りという独特の調理方法が用いられます。下顎を鉤に架け、胃に水を満たし捌かれるのですが、骨まで冷たい寒風の中で切断されたというのです。グロテスクな鮟鱇の、さらに憐れな姿。

雪の降る町といふ唄ありし忘れたり

安住　敦

　十二月になると、年末の慌しさと重なるようにクリスマス商戦も始まり、街中にベートーベンの第九やジングルベルなどの音楽が溢れます。近頃では、山下達郎の「クリスマス・イブ」も定番になりました。掲句の「雪の降る町を」の作曲者中田喜直は、山形県鶴岡を想って作りました。鶴岡に残された、明治の近代建築に降る雪をイメージしたのでしょう。歌詞も「雪の降る町を」で始まりますが、作者はその続きを忘れてしまったというのです。

「雪の降る町を」モニュメント（山形県鶴岡市）

白をもて一つ年とる浮鷗　　森　澄雄

この句は、敦賀の近くの種《いろ》の浜で詠まれました。この地は、芭蕉が『奥の細道』の途次、西行を慕って訪れた場所で、二人の歌と句は、

汐染むるますほの小貝ひろふとて色の浜とはいふにやあるらむ
（『山家集』）

浪の間や小貝にまじる萩の塵
（『奥の細道』）

ますほというのは赤い色のことで、作者は年の暮、薄紅の小指の爪ほどの貝を拾おうと浜に下ります。そこで見た一羽の白い鷗とともに、年を重ねるのだなあというのです。穏やかな浜ですが、今は近くを敦賀原発への道が通っています。

浮寝していかなる白の浮鷗　　森　澄雄

年玉を妻に包まうかと思ふ

後藤比奈夫《ひなお》

作者の父は後藤夜半。俳誌『諷詠』を継ぎましたが、四百五十号の記念行事の年は、経営してきた会社の解散などが重なり多忙を極め、奥様もてんてこまいの忙しさだったそうです。そこで掲句のように年玉を包んだのです。この話には後日談があって、その年玉は奥様が亡くなられた後、手をつけることなく引出しの中から出てきたということです。うるわしい夫婦愛の一句です。

夢に舞ふ能美しや冬籠

松本たかし

たかしの家は、代々江戸幕府所属の座附能役者で、たかしも幼少の頃から能の修業に専念させられました。満八歳で初舞台を踏みましたが、十四歳の時病気になり、その後は小鼓などの稽古を続けていましたが、二十歳の頃から俳句に専念しました。そのような生立ちですので、掲句のような能に関する俳句を多く残しています。冬、部屋に籠っていますといろいろなことを考えるのでしょう、夢の中に自分の美しく舞う姿を想像したりもするのです。少しナルシシズムもありますが、「俳壇の貴公子」と呼ばれた人にふさわしい句とも言えます。

蝶墜ちて大音響の結氷期

富沢赤黄男

この句には、蝶と音が取り上げられており、同じ視点の次の句も想起されます。

日盛りに蝶のふれ合ふ音すなり　　松瀬青々

こちらは森閑とした夏の炎天に蝶が触れ合う音が主題ですが、「蝶墜ちて」の方は、蝶の落ちた音さえ大きな音に聞こえるほどに凍てついた、結氷期の静謐が焦点となっています。「墜ちる」「大音響」が静かさを際立たせているのです。またその二語により、氷河や流氷原など想い描くのは私だけでしょうか。

夢の世に葱を作りて寂しさよ

永田耕衣

葱は、古代「き」と呼ばれ、「ねぎ・あさつき・わけぎ」の名も、また「一文字」と呼ばれるのもその名残です。葱は、関東では根深、関西では葉葱が産され、日本料理の具材や薬味として欠かせないものです。掲句は、夢のような現世に、葱のような野菜を作るはかなさを描いているのでしょうか、作者の菜園にささやかな葱を育て、必要に応じて、適量の収穫をする営みを述べているのでしょうか。いずれにしても、葱が親しい植物であることに間違いはないようです。

佐渡ヶ島ほどに布団を離しけり

櫂《かい》 未知子《みちこ》

生活を別にする男女、何か諍いがあったのでしょう。今日は口を利くことさえ憚られ、いつもは並べている互いの布団を離してしまいます。その距離が佐渡ヶ島ぐらいだと言うのです。作者は現代の著名な俳人ですから、当然芭蕉の、

荒海や佐渡に横たふ天の河

が念頭にあったでしょう。荒海に距てられた二人、この「ほど」が微妙です。近いようで遠い二人の距離、細かな男女の機微を表している「ほど」です。

春は曙そろそろ帰つてくれないか　櫂　未知子

さゞ波は立春の譜をひろげたり

渡辺水巴

所属している合唱団の演奏会で、昨年「浜辺の歌」を歌いましたが、

あした浜辺を　さまよえば
昔のことぞ　忍ばるる

の詩に付した曲は、春の波の有様を描いた美しい旋律です。早春の砂浜に立つと波がひろやかに楽譜を広げ、やさしい調べを奏で始めます。小学校の折、遠足で行った福岡市東区の三苫の浜は、掲句のような漣《さざなみ》の景が聞こえる浜辺です。

雪解川名山けづる響かな

前田普羅《ふら》

前田普羅は大正初期に、虚子門の四天王の一人として頭角を現し、村上鬼城・原石鼎・飯田蛇笏などと妍《けん》を競いました。掲句のほかに、

駒ケ嶽凍てゝ巌を落しけり

奥白根かの世の雪をかゞやかす

など、男性的な山岳俳句で知られています。掲句の名山は、新聞記者として赴任した富山から見える立山ではないでしょうか。以前、黒部峡谷のトロッコ列車に乗ったことがあります。狭隘《きょうあい》な谷に雪解水が、轟々《ごうごう》と鳴り響いていました。

寒昴《かんすばる》たれも誰かのただひとり

照井　翠

三月十一日で、東日本の震災から丸四年になります。この「折々の俳句」が始まって半年後のことですから、何度も関連の句を取上げてきました。作者は、昴星になった人々へ思いを寄せていますが、これからは、残された方々に寄り添う思いも大切になってきます。自分を思ってくれる人がいるのはうれしいものです。人を思いやる心が、大きな輪となることを、作者とともに祈っています。

囀《さえずり》やピアノの上の薄埃

島村　元《はじめ》

先日、市の近郊に散策に行きましたが、様々な鳥が春の到来を告げ、木々を渡っていました。掲句は春休みの学校の音楽室でしょうか、黒々としたグランドピアノには、春の到来を告げるように埃がうっすら浮び、小鳥たちの囀りが室外から聞こえています。現代の春愁の、明るくしずかな情景を描いた一句です。

近海に鯛睦み居る涅槃像

永田耕衣

涅槃《ねはん》というのは、仏教で全ての煩悩《ぼんのう》を解脱した悟りの境地、一切の苦しみから解放された境地をいいます。けれども、命や肉体を持っていると煩悩があり、死によって、初めてその境地に入ることができ、特に釈迦の死を涅槃に入るというようになりました。そこで釈迦が入滅した陰暦二月十五日に、涅槃図を掲げ、追慕の法会を行うのです。涅槃図には、弟子や菩薩などのほかに鳥獣なども描かれます。掲句、海の近くの寺で涅槃会が行われています。寺まで行くことのできない魚たちが岸辺に寄り、ともに追慕しているというのです。この句には、穏やかな海の景と、春の暖かさまで描かれているように思えます。

人の世にすこし離れて春の山

中村祐子

この句を読んだ時、すぐに次の二句を想起しました。

春なれや名もなき山の薄霞　　松尾芭蕉

なにはともあれ山は雨山は春　　飯田龍太

それぞれが、桜が咲く少し前のやや暖かくなった頃を描き、「名もなき」「なにはともあれ」「すこし離れて」などやわらかな表情を持っており、三句とも、一つの境に達しています。中村さんは、私の姉弟子で、師今村俊三の遺志を継ぎ俳誌を継承、句集を五冊上梓しています。その間、ご子息の死などの悲しみを越え、掲句を得られました。人の世を離れているのは、春の山であり、自らをも客観視できるようになった作者自身でもあります。作者自得の一句です。

銀河系のとある酒場のヒヤシンス

橋《はし》 閒石《かんせき》

ヒヤシンスは、風信子とも呼ばれ、水栽培も容易であるところから、その白々とした根や白や紫の独特の総状の花で、春も早い頃、教室や病院の窓辺を飾り印象的です。掲句は都会の場末の酒場。銀河系と大きく描き始め、酒場、ヒヤシンスと焦点を絞ってゆくことにより、読者は一気にその宇宙的な花と対峙させられます。ウイスキーの水割りを傾けながら、宇宙に思いを馳せる一刻。

ちるさくら海あをければ海へちる

高屋窓秋《たかやそうしゅう》

一昨年、福岡県出身の安部龍太郎さんが直木賞を受賞された際、宮崎で講演会があり、帰りに東郷町にある若山牧水の記念館を訪ねましたが、その途次、日向市にある「馬ケ背」に寄りました。「馬ケ背」は、その字の通り柱状節理が馬の背中のように太平洋へ伸びている景勝地で、その上に遊歩道が続いています。

樹は妙に草うるわしき青の國日向は夏の香にかをるかな　牧水

の歌を記した入口の案内板から遊歩道を辿り、断崖下の蒼い海を覗いていますと、風に舞い上げられた山桜の花びらが、「青の國」へと散り込んでいきました。掲句の情景が眼前に広がったようで、しばらくの間、佇んで眺めていました。

春昼や魔法の利かぬ魔法壜

安住　敦

先日、ショッピングモールの行楽用品を見に行ったのですが、最近の「ボトル」はステンレス製で丈夫になり、デザインもほっそりしてカラフルで、春の行楽が楽しくなるよう。私の幼い頃はまだ水筒が主流で、出始めの動物印の魔法壜は、耐熱ガラス製で大きなすぐ割れるもので、恐る恐る持ち運んだ記憶があります。行楽の目的地に着く頃は温くなっていましたけれども、魔法というネーミングにはほのぼのとしたものがあり、春の陽射しのぬくもりが感じられます。

暮の春佛頭のごと家に居り

岡井省二

この「佛頭」は興福寺にある仏頭のことで、古代、飛鳥にあった山田寺の、西暦六八五年開眼した金銅製の薬師如来の頭部で、白鳳期の彫刻として国宝に指定されています。平安時代に興福寺の僧達によって山田寺から強奪され、興福寺東金院の本尊でしたが、火災により頭部だけが残ったものです。晩春、家に籠《こも》り机に向かっている姿は、まるでこの興福寺の仏頭のようだ、というのです。私も少し仏様に似てきたかも……。

青天や白き五瓣《ごべん》の梨の花

原　石鼎

春になると梅から始まり、桜も交え、桃、梨などの開花が続き、果実の産地に、その花の季節に行くと、概ね樹高が低いので花の波に溺れるようです。桃源郷といわれるように桃の苑は、その花の色が鮮やかですが、梨は花期が短く、花も白いため清楚に見えます。作者は隣家の梨の花を見て作句しました。ひとつの花に焦点が当たり、五枚の花弁の白と空の青、双方が目に染みるようです。

鹿《か》の子にもの見る眼《まなこ》ふたつづつ

飯田龍太

村野四郎の詩に「鹿」があります。

鹿は　森のはずれの
夕日の中に　じっと立っていた
彼は知っていた
小さい額が狙われているのを
（中略）
生きる時間が黄金のように光る
（後略）

歳時記では鹿は秋。秋に牡鹿は妻を娶り、春には「孕み鹿」となり、初夏には「鹿の子」が生まれます。昨年五月、毎年行く英彦山の参道で小鹿と出会い、一分間ほど対峙していました。どの鹿にも時間が「黄金のように」流れています。そう感じるのは、どの鹿も黒曜石のような瞳をしているからかもしれません。

若葉して御《おん》めの雫《しづく》ぬぐはゞや　松尾芭蕉

この句は、芭蕉の紀行文『笈の小文』に採られています。この旅は、主に近畿地方を周遊したものです。句の前には、「招提寺鑑真和上来朝の時、船中七十余度の難をしのぎたまひ、御目のうち塩風吹入て、終に御目盲させ給ふ尊像を拝して」とあります。唐の人鑑真和上は、十一年間幾たびも渡海の辛苦をなめ、失明した後も志を貫徹、奈良唐招提寺の開祖となります。芭蕉は、現在も寺の開山堂に安置されている「鑑真和上坐像」を拝し、この明るい若葉の光は御目には届かないであろうが、せめてこの若葉で、潮風に傷んだ眼の涙をぬぐってさしあげたいというのです。彫像にも涙を見る芭蕉のやさしさを思います。

滝落ちて群青世界とどろけり

水原秋櫻子

この滝は、那智の滝で、二〇〇四年世界遺産に指定された熊野古道の観光の中心です。熊野古道は、平安時代から江戸時代前期まで盛んに行われた浄土、熊野の三社を詣でる道の総称で、三社は本宮、新宮と那智大社です。滝は落差一三〇メートル、下から見上げると圧倒的な迫力、高浜虚子が「神にませばまこと美はし那智の滝」と詠んでいるように神格化され、滝自体が修行、信仰の対象ともなっています。掲句の「群青世界」は、滝の情景を描写しただけではなく、那智の滝の持つ、神秘的な清浄の世界を表現しているようにも思えます。

菜殼火《ながらび》の襲へる観世音寺かな　川端茅舎

菅原道真の七言律詩「不出門（門を出でず）」の三・四連に、
都府樓纔看瓦色　（都府楼はわずかに瓦の色を看《み》）
観音寺只聴鐘聲　（観世音寺はただ鐘の声を聴く）
とあり、これらの史跡のある筑紫野の辺りは往時の雰囲気を今に伝え、散策によい所です。菜殼火は、菜種油を採取した後の菜種の殼を焼く火で、戦後すぐまで筑紫野の名物として知られていました。作者は昭和十四年に訪れ、「燎原の火か筑紫野の菜殼火か」など十数句を詠んでいます。観世音寺には、国宝の鐘のほかに多くの仏像があり、厳めしい馬頭観世音の前に立つと身が竦む思いがします。

　　

欙《みそなわ》す菜殼火の野や馬頭尊　風門

蛞蝓といふ字どこやら動き出す

後藤比奈夫

「俳句」は、正岡子規が使用するまで「俳諧」と呼ばれていました。この「俳」も「諧」もおかしみの意味で、和歌的叙情に庶民の感覚を取り入れたのです。最近は西欧的詩情も加わっていますが、俳諧的な遊戯も残してよいのではないかと思います。掲句は文字の遊び。「ナメクジ」を思うだけでヌメヌメした姿を思いますが、それだけでなく、「蛞蝓」の字自体もなにやら動き出しそうです。

つくづくと寶《たから》はよき字宝舟　　後藤比奈夫

磨崖佛おほむらさきを放ちけり

黒田杏子《ももこ》

大分県には多くの石仏があり、中でも国東半島や臼杵の石仏が知られています。それは阿蘇の火山活動などにより、仏を彫るのに適した地形に恵まれていたのではないかと思われます。この稿を書くに当たり臼杵を訪ねましたが、仏の里と呼ぶに相応しい石仏群でした。掲句「おおむらさき」は日本の国蝶。磨崖仏は、あの大日如来でしょうか、ひとつの命の誕生です。

さへづりのほとけのねむりさまたげず　風門

大日如来（大分県臼杵市）

夏草や兵共《つはものども》がゆめの跡

松尾芭蕉

『奥の細道』で、芭蕉は平泉に到着し、「先高館にのぼれば」とあるように高館を訪ねます。高館は、中尊寺の南東にある義経の居館「衣川の館」のあった小丘、義経が最期を遂げた所で、彼の像を祀る義経堂があります。正面の石段を登りつめると、眼下に北上川が八百年昔と変わらず流れています。芭蕉は、杜甫の漢詩「春望」の「国破れて山河あり　城春にして草木深し」を想起し、往時へ思いを馳せ、掲句を詠みました。共に人間の営為のはかなさを詠嘆しています。

しろがねの梅雨の夕べとなりにけり

大峯あきら

『俳句』誌六月号に、今年の蛇笏賞が、大峯あきら氏の『短夜』に決定したと紹介されていました。大峯さんは奈良県吉野の方で、僧職、哲学科教授、俳人という三足の草鞋で歩いてこられましたが、受賞の言葉のなかで、老年になって思索と詩作が仲違いを解消したと書いておられます。俳句は、多くの思索の後に結実するのかもしれません。掲句は『短夜』の一句、吉野の深い緑を背景に長雨が降っています。夕刻の雨は銀色にけぶり、思索をまた深めてゆきます。

冷奴水を自慢に出されたり

野村喜舟《きしゅう》

豆腐は、最近の健康志向で、西欧でも食されるようになりました。タンパク質、脂肪に富み、湯豆腐、白和え、厚揚げなど様々に調理され供されますが、冷奴は、「冷やっこい」という名称の由来からしても、見るからに涼味があり、夏の食卓に欠かせません。山地にドライブに行った折、湧水のある所などで製造販売していますが、「名水豆腐」などと銘打っているだけで求めてしまいます。

炎天を駆ける天馬に鞍を置け　　野見山朱鳥

朱鳥は福岡県直方出身、東京で画業を志した時期もありましたが、罹病して帰郷。療養しながら作句に励み、川端茅舎の死後、高浜虚子に、「曩《さき》に茅舎を失ひ今は朱鳥を得た」と賞賛されます。五十二年の短い生涯でしたが、生命詠を基本に、硬質な浪漫的時期を経て、後には独自の心象を叙情的に表出しました。掲句は阿蘇山を吟行したときのもの、阿蘇の鳴動に呼応し、噴煙の中に自分の乗る天馬を夢想します。強い意志を感じさせる一句です。

阿蘇山上がらんどうなり秋の風　　朱鳥

閑さや岩にしみ入《いる》蝉の声

松尾芭蕉

『奥の細道』で山形領に入った芭蕉は、尾去沢《おさりざわ》に一週間滞在しますが、人々に「一見すべき清閑《せいかん》の地です」と勧められて立石寺（通称・山寺）を訪ね、夕方から寺に登り始めます。その後の経緯が次の名文です。「岩に巌を重ねて山とし、松栢年旧り、土石老いて苔滑らかに、岩上の院々扉を閉ぢて物の音聞こえず。岸を巡り、岩を這ひて、仏閣を拝し、佳景寂莫として心澄みゆくのみおぼゆ」。私が訪ねたのは初夏の詣でる人もない早朝、凝灰岩と杉木立の中、一〇一五段といわれる石段に挑戦しました。展望のよい五大堂で心地よい朝風に吹かれていると、ついウトウト、蝉の声は「清閑」の夢の中で聞いていました。

校長の机の上の夏帽子

岩田由美

俳句は、十七文字の文字数の制限を受け、省略を強いられます。ですから自ずから、品詞のうち名詞などの自立語が中心になり、「述べる」ための付属語は少ないほうが、句の緊密度が高まるようです。掲句は名詞と「の」だけで描かれています。夏休みの校長室でしょうか、校長室に行くと校長は不在で、机の上に汗じみた帽子が投げ出されています。来客中でしょうか、校庭で草取りをしているのでしょうか。省略によって想像の空間が広くなります。それが俳句です。

金亀子擲つ闇の深さかな

高浜虚子

我が家は転勤族で、小学校五年の時の借家は熊本市の北部、隣から郡部という、隣家を除くと二百メートル四方に家屋のない道路から二十メートルの高台にありました。家の敷地には多くの果木があったからでしょうか、夏の夜には甲虫や鍬形・玉虫などの灯取虫が網戸にやってきました。時折、網の穴を潜って来た虫を外に抛《ほう》るのですが、その後姿と当時の深く濃い闇を今も思い出します。

なにもかもなくした手に四まいの爆死証明　松尾あつゆき

小学六年生の修学旅行は長崎でした。バスガイドさんが長崎の歌として、「島原の子守唄」と次の詩で始まる「原爆許すまじ」を紹介してくれました。

「故郷の街やかれ　身寄りの骨うめし焼土に」

その時は、実感できませんでしたが、最近、新聞の書評で松尾さんの『原爆句抄』を知り、その悲惨さに呆然としました。昭和二十年八月九日、当時松尾さんは四十一歳、妻と四人の子供の六人家族、松尾さんと長女は他出していて助かりますが、他の四人は直撃を受けます。下の二人は即死、そして長男、妻と次々に失います。瓦礫の中そして小学校の校庭で茶毘に付して、残ったのは四枚の爆死証明書だけでした。この句により、さらに厭戦の思いを強くしました。

向日葵や信長の首斬り落す

角川春樹

角川氏は、角川書店創業者の父、源義の後を継ぎ、映画事業を起こしたことや野性号などでも知られていますが、現代を代表する俳人でもあります。父君に、

ロダンの首泰山木は花得たり

がありますが、この句が芸術美を志向するのに反し、掲句は、父君への反駁からか、若年の氏の軒昂《けんこう》な覇気が見られます。最近は、大きな動きは控えていますが、氏の俳句の正統性と言葉の風格は、大いに学ぶべきと考えます。

筒井筒ともに十八風の盆

鈴木貞雄

風の盆は、富山県八尾町で二百十日（九月一～三日）頃行われる、風の神を鎮め、豊作を祈る祭りです。胡弓などの哀調を帯びた「越中おはら節」の、

八尾坂道　わかれて来れば　露か時雨か　オワラ　はらはらと

というような歌に合わせ、優雅な女踊、かかしを模した男踊を踊り、町内を回ります。高橋治さんの『風の盆恋歌』でよく知られるようになりました。それは熟年男女の恋物語でしたが、掲句は若い男女。井筒の丈にも足らない幼い頃から参加した二人も十八になり、大人の踊りを踊っているというのです。

秋の航一大紺円盤の中

中村草田男

この句を読んで想起するのが、北園克衛の詩「夏の夜」の最終行、

海は一枚のレコオドのやうに光つた

です。昭和生まれの私には、月光の射す海のこの比喩は印象的なのですが、音響技術の革新は目覚しいものがあり、レコードはCDとなり、現在ではダウンロードするようになりました。すると将来はこの詩の比喩もイメージを結ばなくなり、掲句の無骨な描写の方が、秋の大洋の描写として長命を維持するかもしれません。

秋の淡海かすみ誰にもたよりせず

森　澄雄

この句の句碑が、近江、堅田の祥瑞寺にあり、浮御堂の近くなので、訪ねたことがあります。近江は、芭蕉を追慕し、多くの句を残した澄雄にとっては「芭蕉の近江」でしょうが、私にとっては「澄雄の近江」です。私が旅の途中で大津ＳＡに寄った時、琵琶湖を眼下にして想起したのがこの句でした。旅にでると、旅信を書いたり写真を撮ったりするのですが、その地の風光に浸りきり、何もしたくない折があります。湖北のかすむ琵琶湖の景もそのひとつ。

鶏頭の十四五本もありぬべし

正岡子規

近代俳句の中でも、この句は特に鶏頭論争と言われ、是非を争われてきました。肯定派では、斎藤茂吉の「この句は、庭前を眺めた時の無量の感慨を新鮮な感覚で叙している」が代表で、否定する方は、この句は「鶏頭の七八本もありぬべし」「枯菊の十四五本もありぬべし」と言い換えができるというもの。私は肯定派で、景を活写した病床の子規の心の健康さを賞揚したいと思いますし、また同時に、この句から、初秋の空気感や光を感得してもらえればと思います。

鶏頭をたえずひかりの通り過ぐ　　森　澄雄

露の世は露の世ながらさりながら　　小林一茶

一茶は十五歳で郷里柏原を出、親族内の様々の問題が解決し、郷里で妻帯したのは、五十一歳の時で、長女のさとが誕生したのは五十六歳、さと二歳の正月に、

這へ笑へ二ツになるぞけさからは

と詠んでいますが、そのさとが、半年後に亡くなった時の句が掲句です。『おらが春』に「この期に及んでは、（中略）あきらめ顔しても、思ひ切り難きは恩愛のきづななりけり」と書き、その悔いを「露の世」を重ねて切なく表しています。

腸《はらわた》に春滴るや粥の味

夏目漱石

漱石は、若い頃から胃腸が弱く、四十三歳の『門』連載中に症状が悪化し、療養のため、明治四十三年八月初旬伊豆の修善寺に行きますが、二十四日五百グラムの吐血があり、人事不省に陥ります。このことは、「修善寺の大患」と呼ばれ、漱石の小説の転換点になったと言われています。快方に向かう中で、

骨の上に春滴るや粥の味

を詠みますが、のち掲句に訂正されます。「腸」の方が粥に響くようです。ここでの「春」は、季語というよりも回春の意、生きている喜びを強く感じさせます。

またもとのおのれにもどり夕焼中

飯田龍太

平成四年、俳誌『雲母』は九〇〇号で終刊、十月で蛇笏三十回忌のことでした。一誌を終えるのは主宰の逝去による場合が多いのですが、龍太氏の場合は、選をする体力の衰えを挙げてその理由としておられました。選句は、数千人の全投句者の全句に対する一対一の作業、その負担に耐えられなくなったというのです。俳句に向かうこの真摯さを見習いたく思っています。句は最終号のもの、蛇笏を継承、その後三十年、成し遂げた充実感と安堵感に満ちています。この思いは、ただ俳句の世界のものではなく一般にも通ずるもののようにも思います。

蛤のふたみにわかれ行秋ぞ

松尾芭蕉

『奥の細道』の最後の句で、敦賀を発った芭蕉は八月二十一日（新暦十月四日）に、多くの知人のいる美濃大垣に到着します。二週間の滞在の後、伊勢に旅立つのですが、伊勢名物の蛤と二見浦を下敷にして、蛤の蓋と身が分かれるようだと、知人たちとの晩秋の別れを惜しんでいるのです。また句は、『奥の細道』冒頭の「行く春や鳥啼き魚の目は泪」に呼応しています。現在、大垣には、「奥の細道むすびの地記念館」もあり、付近の水門川沿いに句碑や塚が並んでいます。

「蛤の…」の句碑（岐阜県大垣市）

あとがき

『折々の俳句』を上梓させていただく。

当初、職場の二、三の人に俳句はこんなものですとの軽い気持ちで始めたものが、友人知人に無理強いしたりして、最終的に三十名ほどの方々にお読みいただき、五年間毎月で六十回二百四十句になった。ここまでになると、少し欲が出て、一部読んでいただいた以外の他の俳人の方々、及び当初の目的であった俳句には門外漢の人々にも読んで感想を求めたくなった。

俳句を始めて三十年にはなるがもとより素人仕事であることはお読みいただいた通りである。しかし、選句については、心を砕いたつもりであるし、初心の人に知っておいて欲しい句、その折々に読んだ感銘句を選べたのではと、自負する点もないことはない。ただ、初学の頃に学んだ、山本健吉氏の『現代俳句』の中の句と、その頃活躍しておられた飯田龍太、森澄雄両氏の句が多くなったこと、俳句を始めたきっかけとなった富安風生、師今村俊三の師石田波郷の句が多くなるのは避けることができなかった。

また、休暇を利用し巡った『奥の細道』の句、継続中に起きた東日本大震災の句が増えたのは不可避のことでもあった。多くの俳人に及ばなかったのは、私の不勉強によることと、力不足に拠る。別の機会をお待ちいただければと思う。

本来、このような俳句案内は春夏秋冬を追って並べるのがよいのであろうが、先に述べたような契機の月報であるので、このようになったことをお許しいただければとも思う。


最後に、読者の一人、福岡県八女市矢部村の詩人椎窓猛氏の強い後押しがなければこの機会はありませんでした。氏には遠野、長良川など数十回の旅を通して多くのことを学ばせていただき、有形無形の助言をいただきました。

氏は、詩、小説、童話、随筆など文業を残されていますが、出発は俳句だったとのことで、俳句に関する文も多く、句集も上梓されています。また本書の序文も寄せて頂きました。重ねて感謝申し上げ、氏の数句を記し謝意とします。山峡矢部の生活を背景とした浪漫性に特徴があると言えましょうか。

こおろぎが鳴くゆえ薬風呂にする

青空を忘れてひさし壁の凧

十薬の花に聖書の匂いあり

出版にあたっては藤山明子さんはじめ梓書院の皆様に大変お世話になりました。心より感謝申し上げます。

＊　＊　＊

文末になりますが、校正の途中に熊本地震が発生しました。熊本は少年時、四年間を過ごし、福岡から近く足繁く訪れ、この小誌でも何度も取り上げました。逝去された方々へ哀悼の意を表するとともに、一日も早い復興を祈念します。

平成二十八年四月末日

三宅　風門

参考文献

《歳時記》
俳句歳時記（角川文庫・新版・三版・四版）
俳句歳時記（平凡社）
現代俳句歳時記（ハルキ文庫）
新歳時記（河出文庫）
俳句大歳時記（角川書店）
日本大歳時記（講談社）
江戸俳諧歳時記（加藤郁乎）
入門歳時記（角川書店）
俳諧歳時記栞草（岩波文庫）
俳句発想法　歳時記（ひらのこぼ）
歳時記の心を知る　名句鑑賞事典（森澄雄編）

《詞華集［アンソロジー］》
蕉門名家句選（岩波文庫）
折々のうた（大岡信）
古典名句鑑賞歳時記
古句再見（安東次男）
鑑賞俳句歳時記（全四冊）（明治書院）
鑑賞俳句歳時記（山本健吉）
名句入門（永田耕衣）
秀吟百趣（塚本邦雄）
鑑賞歳時記（飯田龍太）
現代の俳句（平井照敏）
現代俳句（川名　大）
極めつけの名句一〇〇〇（角川学芸出版）
鑑賞　日本の名句（『俳句』編集部）
神蔵　器の折々の秀句（神蔵器）
能村登四郎・林翔の折々の秀句（能村研三・編）
名句鑑賞十二か月（井本農一）
現代の秀句（嶋岡晨）
こころを詠んだ　昭和の名句（宗内数雄）
百人百句（大岡信）
百人一句（高橋睦郎）
きょうの一句（村上護）
今朝の一句（村上護）
国民的俳句百選（長谷川　櫂）
四季のうた（全三巻）（長谷川　櫂）

麦の穂（長谷川　櫂）
日めくり　四季のうた（長谷川　櫂）
名句を読む（柿沼　茂）
名句十二か月（岸本尚毅）
あなたへの一句（黛まどか）
十七音の海（堀本裕樹）

《俳人別評伝・評釈等》
現代俳句（山本健吉）
近代俳句の鑑賞と批評（大野林火）
わが愛する俳人（第一〜第四集）（有斐閣選書）
鑑賞　女性俳句の世界（角川学芸出版）
俳句鑑賞辞典（東京堂出版）
現代俳句鑑賞辞典（東京堂出版）
名句鑑賞辞典（角川書店）
現代俳句の世界（「俳句研究」編集部）
俳句を読もう　芭蕉から現代までの二六八句
（藤井圀彦）
忘れ得ぬ俳句（野見山朱鳥）
21世紀の俳句（宗　左近）

俳句と出会う（黒田杏子）
憧れの名句（後藤比奈夫）
忘れられない名句（福田甲子雄）
昭和の名句集を読む（宗田安正）
輝ける俳人たち（阿部誠文）
近代俳人群像（岩井英雅）
一句万誦（岸原清行）
文人たちの句境（関森勝夫）
俳句ワールド（佐川広治）
句品の輝き（坂口昌弘）
現代俳句の海図（小川軽舟）
凛然たる青春（高柳克弘）
引き算の美学（黛まどか）
戦後生まれの俳人たち（宇多喜代子）
この一句　１０８人の俳人たち（下重暁子）
俳家奇人談・続俳家奇人談（岩波文庫）
去来抄・三冊子・旅寝論（岩波文庫）
江戸期の俳人たち（榎本好宏）
白の詩人（山下一海）

加賀の千代女　五百句（山根　公）
現代俳句の世界（朝日文庫）
名句鑑賞読本（梅里書房）
（草田男・秋桜子・楸邨・素十・青畝・青邨・立子・
波郷・龍太）
蛇笏・龍太の山河ほか２冊（山日ライブラリー）
飯田蛇笏秀句鑑賞（丸山哲郎）
蛇笏百景（小林富司夫）
高悟の俳人　蛇笏俳句の精神性（伊藤敬子）
作句の現場　蛇笏に学ぶ作句法（広瀬直人）
飯田龍太の四季（福田甲子雄）
龍太語る（山梨日日新聞社）
飯田龍太読本
飯田龍太の著書多数

森　澄雄（脇村禎徳）
森　澄雄とともに（榎本好宏）
森　澄雄の１０７句（上野一孝）
森　澄雄の世界　俳句―いのちをはこぶもの（姫路
文学館）
森澄雄読本
森澄雄の著書多数

俳諧生涯　鬼城俳句の周辺（村上幹也）
夏目漱石の修善寺（中山高明）
後藤夜半の百句（後藤比奈夫）
波郷句自解（石田波郷）
万太郎の一句（小澤實）
久保田万太郎の俳句（成瀬櫻桃子）
芝不器男への旅（谷さやん）
芝不器男研究（岡田日郎）
芝不器男（堀内統義）
芝不器男の一句（山下三年）
俳人　青木月斗（角光雄）
石橋秀野の一〇〇句を読む（山本安見子）
加藤楸邨の一〇〇句を読む（石寒太）
野見山朱鳥　愁絶の火（「野見山朱鳥の世界展」実
行委員会）
虚子と野見山朱鳥（甲斐多津雄）

評伝　頂上の石鼎（岩淵喜代子）
二冊の鹿火屋　原石鼎の憧憬（岩淵喜代子）
松本たかし俳句私解（上村占魚）
相馬遷子　佐久の星（邑書林）
岡井省二の世界（岡井省二）
シリーズ自句自解Ⅱ　後藤比奈夫
忸怩戒（無着成恭）
原爆句抄　魂からしみ出る涙（松尾あつゆき）

《芭蕉関連》
日本古典文学全集（松尾芭蕉集①②）（小学館）
奥の細道（講談社学術文庫・ＮＨＫ出版ほか多数）
『おくのほそ道』解釈事典（堀切実）
芭蕉全句（加藤楸邨）
芭蕉名言集
芭蕉辞典（東京堂）
芭蕉達の俳句談義（堀切実）

《辞書類》
電子辞書（エクス・ワード）
広辞苑
明鏡国語辞典
ブリタニカ国際大百科事典
百科事典マイペディア
俳文学大辞典（角川）
俳諧大辞典（明治書院）
俳句用語の基礎知識

《その他》
月刊『俳句』
月刊『俳句界』
山本健吉俳句読本（五巻）
鑑賞日本現代文学・現代俳句（角川書店）
社会人のための「国語百科」（大修館書店）
声に出して味わう日本の名句１００選
（監修　金子兜太）
聞いて楽しむ俳句（辻桃子・阿部元気）
日本古典文学全集（連歌俳諧集）（小学館）
日本古典文学全集（近世俳句俳文集）（小学館）
国文学（解釈と鑑賞を含む多数）（至文堂）

■プロフィール
三宅風門（みやけ　ふうもん）
本名　福留 直
詩曲には三宅陽一郎を用いる
昭和 59 年　俳誌「桃滴舎」に参加、今村俊三に師事
平成 2 年　俊三逝去
平成 26 年　俳誌「桃子集」に参加
現住所
〒 814-0023　福岡市早良区原団地 21-104

＊風門について
島根県安来市足立美術館の北大路魯山人の扁額
「風来門自開」より号とす

心《こころ》に響《ひび》く俳句《はいく》たち　折々《おりおり》の俳句《はいく》　九州《きゅうしゅう》、福岡《ふくおか》から

発行日　平成 28 年 7 月 1 日初版第 1 刷
著　者　三宅風門
発行者　田村志朗
発行所　㈱梓書院
住　所　福岡市博多区千代 3-2-1
電　話　092（643）7075
印　刷　青雲印刷
製　本　岡本紙工

ISBN978-4-87035-569-9